大雅

为一种品格注脚

文德勒诗歌课

The Breaking of Style

打破风格

[美] 海伦·文德勒 著
Helen Vendler
李博婷 译

广西人民出版社

序 言

海伦·文德勒

二十七岁那年，在我的论文导师的建议下，哈佛大学出版社提出想看看我写的对叶芝诗集《幻象》及其戏剧的评述。几个月后，出版社来信，附阅稿人意见，说我的书可以出版。书出后，我得知这位阅稿人是理查德·艾尔曼，我因此一直感激他对我的栽培出版之情。后来我们逐渐相识，更使我在对他作品的钦敬之外，平添了一份对其人的友爱。向他致敬的那期《叶芝年鉴》可以说是对不久前作古的他的纪念。我那篇文章，仿佛藉他对我最后的恩惠，终于激励我动笔去写我对叶芝诗的整体评价，而这是我自从二十三岁那年起，就一直想写的一本书。

给人阅稿，为人写推荐信，帮那些争取终身教职的人写同意书——当我在这份重压下蹒跚踉跄时，我会记起很久以前理查德·艾尔曼并没有忙到没时间读一个学生写的稿子，没时间对其表示慷慨热情的欢迎。相比他那个年代的很多男性学者，他对女性著作更为接纳，这大概是因为他娶了那位非常灵敏的玛丽为妻的缘故吧。或者更有可能的是，他娶玛丽为妻是因为他喜欢灵敏的女性。当我最后一次在牛津大学的新学院看见他时，即使身着新院的长衫，他那份自贬、自嘲的幽默也没让他表现出他一贯洒脱的矜夸。他对我很好，很有益，就像他对数不清的年轻作者一样。的确，有很多学者像他一样在专业领域内取得了很高成就，但是为人所纪念的似乎只有那些既成就卓著、又为人爱戴者。他所罹患的最后的疾病的悲剧说明生活对那些既善良又有才华者是会多么随意地撒播残酷。但是我们对他的回忆，那许多向他致敬的纪念，以及他本人卷帙浩繁的权威著作，都将使我们在感念生活的丰富从而获得再生的同时，记起他完整的精神。

目　录

导　言

有一事迄今仍不为人所解，即，在诗歌写作中，风格从最大意义而言最好应被理解为一种物质体（body）。当诗人摒弃一种旧风格（此刻说来像是有意为之），他/她就似乎是在对自我实施一桩暴行。诗人若想获得一具新身体，则旧躯壳必须被非物质化，这么说并非言重。约翰·阿什伯利曾在《目击报道》一书中写道："一定程度上，在艺术里，所有变化都是为了谋求更好，因为它表明艺术家还未屈从于那种无所不在、想使其原地不动的诱惑，它还表明艺术家的活力正在释放信号，虽然这活力常常遭受威胁"（187）。对比离婚、放逐外国和其他精神或想象力方面的痛苦分离，就可理解那种伴随着永久的风格改变而产生的恐惧和悔恨了。当然，还有希望，希望新身体能像新配偶或新国家那样，比旧躯壳更令人满意，但这仅是希望，不是确定。

迄今我所说的似乎都意味着新风格体的发明是一种自发之举，就像申请离婚或自愿出国居住一般。其实不然，这其中还有很多东西并非完全出于自发。一种对生活的新感知正在不请自来地威压着诗人，使那种旧风格看起来不再适宜，甚或相当可恶。“一个人的某些早期作品会令他毛骨悚然”，华莱士·史蒂文斯如此写道（《通信》，667）。罗伯特·洛威尔也抱怨说，当他试图写出《生活研究》中那些讽刺、温和、疏远的诗行时，他早期那种急迫、暴烈的风格就如失事船只的残骸般不断涌现出来。因此，对一种新阶段的风格的发明经常不是自发之举，而是无意为之。诗人反感于此刻的身体，再也不能居住其中了。

我用“身体”一词代表风格，而非可能更为人所习惯的“服装”意象，是因为我想强调风格和主题间那种难以割裂的关系。叶芝在《外衣》一诗中关于脱下他的“老刺绣”曾虚张声势道：“裸身行走/更须进取”（《诗集》，125）。这错误地表明人在诗歌中是可以裸身行走的，人还可以轻易抛弃一种风格。没有比这更远离真相的了。

当然也有艺术家——如赫伯特——并未表现出夸张的风格打破。也有像丁尼生这样的，在获取了一种成熟风格后，会有意浸淫其中数十载，复杂之，经营之。还有些诗人会同时追逐两种迥然不同的风格，虽然通常是在两种不同的文体中，如华兹华斯的《抒情歌谣集》和《序曲》。但是其他艺术家——有时甚至是在年纪极轻时，如济慈——发现他们虽已创造了一种风格，甚或完善了一种风格，却无法照此继续写下去。当济慈把弥尔顿的影响从《海皮里翁》中驱逐出去时，他不带夸张地说：“对他而言的生对我而言意味着死。”（《通信集》，第二卷，212）于是他在《海皮里翁的陨落》中为自己写了一具新身体。

文学身体的剧烈改变只能由多种因素决定。于是，关于诗人情感的推论也就可以从风格中得出。济慈对弥尔顿的反对，部分在宗教，他拒绝弥尔顿的神；部分在文化，他拒绝弥尔顿崇尚希伯来神话甚于希腊神话；部分在语言，他拒绝弥尔顿的拉丁用词；部分在性别，他拒绝弥尔顿的男性主权；部分在政治，他拒绝弥尔顿的君主制和等级制的天与地。但是拒绝本身——不管它否定的是一种少年风格，如史蒂文斯，还是一种成熟但如今令其生厌的风格，如洛威尔，还是一种历史前辈的风格，如济慈——都无法为一具新身体提供一个确定的模型。当其出现时，打破风格的积极一面须和消极一面一样，被一套创造性的理由聚合起来。“必须维护英语”，济慈说（《通信集》，第二卷，167），意思是如果他不维护英语，英语就会枯萎死亡。“长久以来我都在让一种新节奏的回响萦绕在我耳畔”，霍普金斯如此写信给理查德·沃森·迪克森，向他解释为何《德意志号的沉没》的韵律和他的早期诗作不同（《通信集》，14）。而当史蒂文斯思考美国文化当前“无价值的裸体”时，一种确定的、波提切利式的对富有创造力的新维纳斯的理想化，即“晚期更加金黄的裸体”（《诗集》，5—6）就向他发出了召唤。写《北方》时，谢默斯·希尼发现他正在从爱尔兰语诗歌的“微薄”音乐中找寻一具与英语五步音韵的宽阔（并且具有殖民力量的）平稳不相一致的身体。简而言之，当一种新风格体被发明之时，有采纳也会有拒绝。不光新身体被永久采纳之时如此，当其只是暂时被一卷诗甚或一首诗采纳之时也是如此。

风格的改变不光由审美动机决定。至少道德原因也像审美原因那样经常催生形式的打破，正如我们在济慈身上看到的那样。通过观察世界中的些许新的空白，作者可能会被迫承认应该想到（旧的）想象力的缺席，正如史蒂文斯在《事物的平常意思》（《诗集》，502—503）中说的那样，作者必须逼迫自己面对技巧考验下的那个空白。当霍普金斯面对以下真相时，我们在他身上也能看到一种类似的承认：当末日来临时，这世界的审美差异终将消除，大地的斑点和花纹都将终结，最后只剩道德选择。这样的道德承认一旦做出，写作如想保有其真实，就必须创造出一种新的风格来迎合它、体现它。不耐烦的拒绝，理想化的热情采纳，以及痛苦的承认都是动机，都驱使着诗人挣扎努力，用永恒的新身体替代旧躯壳。

然而，正如我已经说过的那样，有些风格改变并不永久，只在一时，可能只是为了写一首诗而变。正是这样的临时变化使我们看到，即使同一个作者在同一天内写的诗也会很不相同。诗体千变万化的灵活总是令我吃惊，而我最受震撼的时刻是看到一个诗人哪怕所有诗作都用单一可见的一种风格写成，每首诗的策略却可以如此不同。所谓“单一风格”，是指那些一般特点，它们能使我们区分比如邓恩、雪莱。这些特点显示出一种风格手法，可以用一串达成共识的形容词和副词对其进行列举说明。但是即使是在这种可列举说明的风格之内，一首神圣十四行诗[1]听来也并不与另一首相同，哪怕两者都令人吃惊、突兀、强烈、句法密集、意象富有智性，等等。哪怕都是雪莱所作，哪怕我们认为两者都是“雪莱式”的，《西风颂》和《云》也听来大不相同。要想回答诸如“邓恩《日冕》系列十四行诗中的第一首与第二首区别何在？”之类的问题，我们须求助于风格改变的微观层面，正如要区分邓恩和赫伯特，我们须关注宏观层面一样。每首诗之间微观层面的变化反映的或是诗人情感的变化，或是审美感知的变化，或是道德立场的变化。

最后，在宏观层面的永久的、完全的变化，以及微观层面暂时的风格打破之间还有一个中间地带。当诗人写作一卷新诗，想要对风格的某个显著方面进行改变时，我们就会观察到这个地带。例如，当洛威尔决定用不押韵的十四行诗写作一卷新诗，并且真的在《笔记本》中如此执行时，我们就看到了这样一种选择。这种选择一如既往有很多原因。洛威尔在《笔记本》中采用的新文体是日记。其内容由简短的条目组成，因此要求形式简短。又因为每天的长度相同，于是洛氏想模仿日历的形式，让诗行的韵律也相等。他追随他热爱的弥尔顿，把通常写情爱或冥想的十四行诗主要写成了政治诗。这一选择背后的动机还有洛氏终生都在自由诗与格律诗之

---

① 神圣十四行诗（Holy Sonnet），指十七世纪英国诗人邓恩（John Donne，1572—1631）写的十九首十四行诗，于其死后两年出版。这套组诗写于邓恩遭受身体、情感、经济打击的痛苦时刻，正值他由罗马天主教皈依英国国教的精神危机，讨论了有关生死、神的爱、神的审判等宗教主题。——译注

间、押韵和不押韵之间的骚动摇摆。另一个动机来自他的希望，他希望他对历史的叙述能够灵活柔软，他对政治的格言能够有所预见。这个希望是可以被十四行诗的宽广冥想以及双行结尾所满足的。

在寻找三位作者，以便能使我考察风格的打破以及一种新的永久或暂时的风格体的形成时，我选择了杰拉德·曼利·霍普金斯作为过去的一个著名范例，从他身上我可以展现我所说的打破风格及其感知寓意、审美寓意、道德寓意是何含义。建立了这些理论支点后，我就可以过渡到现今两个非常不同但却一样有趣的例子：谢默斯·希尼和乔丽·格雷厄姆。前者我用来代表风格的临时改变，后者我用来说明整本书如何可以用一种文体特点写成。

霍普金斯的著名之处在于他将风格打破为二：他的少作之后是一段长达七年的沉默，之后他以《德意志号的沉没》重返诗坛，重生在他所谓“跳韵”（sprung rhythm）的新格律中。既然格律的存在主义意义不常被人讨论，而它其实是对诗人动觉感知的克隆，那么我认为考虑霍普金斯早期的格律断裂大有助益，它可以作为我的一个例证，说明风格如何从整体上被打破，它又如何改变了生活。

爱尔兰诗人谢默斯·希尼的政治态度已经得到了较多关注。相比之下，他精巧的风格，以及存在于他每首诗之间的那种流动的变调却还未被评说，因此我决定把他作为文体层面上微调的例子。每首诗当然都有很多微观层面：语音、词源、格律、诗节、声调、语法、句法、意象、动力等，而我之所以决定考察希尼的语法，是因为他经常在诗中把某种语法的“词性”置于前景。风格的这种语法层面几乎被完全忽视了，如今甚至连学文学的学生都不再能叫得出或者辨认出词性。可是在定义抒情“气氛”时，能够连贯描述一首诗的语法和句法却是无比重要的。名词性、动词性、形容词性和副词性都是“气”，有助于赋予诗歌独特的“天气”。我希望用希尼的几个显著实验展示这一点。

最后，为了代表对风格的不断打破，以及诗人每写一卷诗都会改变其风格的某一方面，我选择了乔丽·格雷厄姆的三卷诗《蚀》《美的终结》以及《唯物主义》作为研究分行如何不断变化的例子。分行是风格的一个微观层面，但当一种分行方式掌控了整卷诗后（迄今为止格雷厄姆都是如此），整卷诗的审美和道德品质（一种宏观层面）就会以某种重要的方式被这种特定的分行方式所强调凸显。分行正如格律和语法，是一种常被忽视的风格特征。它还具有存在主义的意义。格雷厄姆从简短的对唱诗行走向长行，再从长行走向由长行长句组成的方形“区域”，在此过程中，她对诗人任务的理解也在每卷中发生着变化，并恰好（如果不是唯一）借助这些风格的变化得以表达。

每首诗作的成功都贯注了凝练的智识与想象。对于任何在乎和尊重这一点的人来说，看到如此强烈（即使只是自发）的劳动极少被人感知、评论、欣赏和理解，都会感到痛心。而更令人痛心的是，考虑到诸如格律、语法和分行这样的元素所能表达的人类感知、审美和道德的信号，当代的诗歌阐释却从不提及，或者即使提及，也只是对其进行事实性的记录，而非从中演绎出它们对人的重要性。那些大可被人遗忘的诗作者不会以任何连贯或奋发的方式对风格进行实验，他们只是接纳他们时代的一般风格，就如“那些写得轻松的绅士群氓”（蒲柏语）一样，只会浸淫其中，重复自己。可我在此选择的三位诗人却都是实验者，不仅因为他们自觉于语言和形式的流动灵活，还因为他们的道德、智识和审美随着时间的推移起了变化。

诗人常因洞察力或智慧为人称道。作为人和诗人，他们确实可以表现出这些素质。但是蒲柏有句酷评更接近真相，他说我们在诗歌中发现的是那些“经常被想到，却从来表达不好”的东西。诗人和读者都不喜欢承认诗歌阐发的是那些“经常被想到”的东西，但是诗人并非首先是独创的思想家，他们正如其他知识分子一样，会顺（和逆）时代已有的那些智识范畴思考。是哲学家而非诗人发明了其所在时代的思维。诗人（和其他艺术家）发明的是时代的风格，这风格回应和记录了时代的情感，诗人通过个人表达的天赋做到这一点。我之所以要奉上以下这些简短观察，正是要向这份太经常因其物质形式而被人轻视的天赋致敬。我观察的对象之一是那处于青年和成熟之间的霍普金斯打破格律、改造格律的表现力，之二是希尼一首诗接一首诗地打破语法、改造语法的表现力，之三是格雷厄姆一卷诗接一卷诗地打破分行、改造分行的表现力。

杰拉德·曼利·霍普金斯和跳韵

关于打破风格的喜悦与风险，我举的第一个例子是维多利亚诗人杰拉德·曼利·霍普金斯（1844—1889）发明的跳韵。众所周知，霍氏在成为耶稣会士后的七年中从未写过一行诗，他认为写诗与圣职相悖。但是当“德意志号”遇风暴失事，死难者中有五名德国方济各会的修女，而霍氏上级提议应有人为其写首挽诗时，他便重新提笔，并终于在其命名为《德意志号的沉没》（1876）的挽诗中为一种新韵赋形，这是一种不断在暗中向他宣示的新韵。这首挽诗听来与霍氏在弱冠之龄所作的诗迥然不同，他甚至感到有必要为其写篇理论文章，并在其中称这种新韵为“跳韵”。跳韵的基本原理是一行中只算重音，所有音步都以重读音节开头，其后可跟随一个、两个、三个或零个非重读音节。我将描述此种韵律，从而说明霍氏为何要发明跳韵，或者为何他比所有其他人都更多使用跳韵，以及他为何有时又弃之不用。这其实正合他对美的最基本的直觉，即美是危险、不规则和二元。

在实践中，跳韵最惊人的效果是用扬扬格使诗行兴奋起来，并常伴以头韵和元音韵的强调，这是霍氏混合希腊语和古英语派生出的一种独特效果：

Jésu, héart's líght,
Jésu, máid's són,
Whát was the féast fóllowed the níght
Thou hadst glóry of thís nún?

耶稣，心灵之光，
耶稣，处女之子，
那夜你得这修女的荣光后
设下的是何盛宴？

（《诗作》，127）

跳韵的另一个特点，也是一种对照的特点，是其惯常的轻盈，这是由多个非重读音节所组成的快速序列所形成的效果：

lóvely-felícitous Próvidence,
Fínger of a ténder of, O of a féathery délicacy,
the bréast of the⁀
Máiden could obéy so, be a béll to, ríng of
it, and⁀
Stártle the poor shéep back! is the shípwrack then a

hárvest,
does témpest carry the gráin for thee?

可爱的至福的天意，
温柔的手指，噢羽毛般纤弱，圣母的怀抱，
会如此顺从，做一口钟，将它敲响，
惊起可怜的羔羊回归！沉船岂不是一次丰收，
风暴岂不为你送来了粮食？

(127)

这种格律的二重性——重读音节的大步行进，对应迅捷、轻快、几乎是流动的音步——成了所有跳韵的特点。

《德意志号的沉没》每节分两部分，先是四短行叙事，然后是四长行冥想，如此构成一种二重印象。诗行的话语行进先是轻快，之后变得闲适：

——星期六从不来梅扬帆，
向美利坚远航，
船上载着男和女，移民和海员，
总共生灵两百人——
噢，天父，它既不在你的羽翼之下，也从不曾猜想
那终点会是浅滩，四分之一的人注定要溺亡；
但是，你赐福的海湾暗处

难道不能庇护他们，你浩荡的恩泽难道不许他们从
浅滩中安全通过?

(122)

“斑驳”之美，或曰由两部分构成的美，对霍氏而言是决定性的美：被强调的力量针对不被强调的轻如鸿毛；上气不接下气的叙事针对被阻碍停滞的冥想；还有有关他自己的双重曝光——一个耶稣会修士在远离沉船之地的遥远所在祈祷，针对那场剧烈沉船中遇难的一个修女。这首颂诗的第一部分讲述了男性叙述者的精神危机；第二部分的主人公则是一个高个修女，她在沉船时刻的呐喊正是圣经中圣约翰启示录的结尾词句：“啊，基督，基督，快来！”在霍氏颂诗的高潮阶段，叙述者奋力想要进入他女主人公的头脑。在几次错误的揣测后，他觉得他凭直觉感受到了她那呼唤的实际意义：基督将会挽救这女子于他把她所置于的极端境地。她的信心成了叙述者自身信仰复苏的保证，虽然这信心在实际事件中被证明是错的，但它把治愈的力量归于平息了风暴的基督却是正确的。在一种重叠、一种擦去原文的重写或曰二次曝光中，她的洞察变成了他的。

从情节的层面看，双重主人公是存在于霍氏这首诗中的诸多斑驳中最重要的一种。各种形式的双重性和斑驳性在诗中不断复现，有时无恶无害，有时却令人困惑，预示着即将到来的伦理难题：

（噢，德意志，双重绝望的名字！[①]
噢，满世界都是它的善行！
但是格楚德、百合花和路德，一个城里出生的两种
不同，[②]
基督的百合和荒林的野兽；
从生命焕发曙光时就已注定，
亚伯是该隐的兄弟，他们吸吮的是同一个乳房。）

(124)

这种伦理领域的斑驳不再无恶无害，因为在此处，黑白分明的斑驳代表着一个受诅咒的路德和一个得救的格楚德。但是此刻，通过既化为肉身又依然保有神性的基督，“德意志”这个名字的一种新的斑驳、复活的身体解决了这个名字早先不受欢迎的伦理的斑驳：

现在燃烧吧，刚刚降生到人世的，
双重性质的名字，
这天上投下、心血喂养、处女怀抱的

① 所谓“双重绝望”，既指名为“德意志号”的船只即将沉没的危险处境，也指历史上德国曾率先开启宗教改革，动摇瓦解了传统的基督教西部教会的事实。——译注

② “城”指德国萨克森州的艾斯莱本城，这里既诞生了十三世纪的修女和神秘主义者圣格楚德，也诞生了十五、十六世纪的宗教改革者和新教创始人马丁·路德。从霍普金斯信仰罗马天主教的立场看，孰为“基督的百合”，孰为“荒林的野兽”不言而喻。——译注

玛丽亚之火的奇迹，

端坐在三位一体雷霆宝座中央的他！

(128)

《德意志号的沉没》所显示的诸多斑驳正是霍氏酝酿七年的那种新风格体。这种斑驳体现在节奏、诗节话语、男女情节、物理特性（这点我将很快涉及）以及伦理方面，并在伦理上表现得令人困惑。霍氏在他最后一首诗里说，灵感的男性之火只燃烧一次就离他而去了，只剩下头脑孕育那不朽之歌：

于是她九个月，不，是年，九年都在心中

消磨、忍耐、关心、梳理着同一个东西。

(204)

在象征性的九年后，或者说实际是七年后，霍氏新诗的新身体在《德意志号的沉没》中诞生了。

七年前霍诗的“旧”风格体又是何模样呢？这个身体远没有今天所见的斑驳，而是在希冀脱离身体，寻找精神。它想用语言的本质表现它所理解的神的本质，它不想合成拼凑。当时年轻的霍氏认为，为模仿不可分割的神圣本质而形成的身体必须纯洁、简单、不斑驳、能用一种同质的不变节奏表达。

1865年当其二十一岁时，霍氏写了一首圣诞诗，抛弃了他旧有的牛津的审美自我，转而拥抱了一种新的精神体，一种纯洁、同质、不变的身体：

无月的黑暗站立其中。
过去，过去，再也看不见！
但是伯利恒的星将指引我
去到主的面前，他将我
从我以往的自我中拯救。
主啊，使我纯洁：你是神圣的；
主啊，使我温柔：你曾是谦卑的；
现在开始，并且永远：
现在开始，在圣诞日这天。

(86)

这种二手的简单不具有风格的确信。之后的1876年，霍氏试图在简单的神圣本质中寻找混杂，他于是盯上了三位一体：言说者、被言说的、正在言说（Utterer，Utterèd，Uttering）(137)。但是同一词根出卖了这场游戏，-er，-èd，-ing 无非是附着于实体以及不变的词源 utter（言说）之上的临时记号。真正的斑驳并没出现。

二十五岁时，霍氏觉得有必要在《善良的订婚》（作于

1869到1870年间，是1866年《完美的习惯》[①]的变体）中完全拒斥斑驳，接受获选的盲目，并用其替代人类堕落前的“简单眼光”：

眼睛啊，接受双重黑暗的蒙蔽吧，
它带来未被创造的光：
这些斑驳的表演留下印记，
取笑、指责、扰乱简单的眼光。

(91)

但是，即使是在年轻的霍氏不斑驳、纯洁、同质、规则的抑扬格风格体中，异质的混杂幼苗也已开始崭露头角。1864年，霍氏二十岁时写了一首关于基督教早期殉道者圣多萝西娅的诗。以下是这首诗的第一版，它用毫不震撼的抑扬格写成：

I bear a basket lined with grass;
I am so light, I am so fair,
That men must wonder as I pass
And at the basket that I bear.

① 所谓《完美的习惯》，英文原文为 Habit of Perfection，或可译为《完美的僧衣》，因为 habit 一词多义，既有“习惯”之意，也有“僧衣”之意。鉴于霍氏在此诗中表达了拒斥感官、献身教会的决心，则 habit 大概兼具两意。——译注

我拿了一只装满草的篮子;
我如此轻，我如此美，
我经过时人们一定惊讶
惊讶我拿的那只篮子。

(56)

四年后，在一个修改版中，我们看到霍氏为寻找新风格体所做的第一次努力。抑扬格僵化成了扬抑格，霍氏在“如此”(so) 和“篮子”(basket) 上的重音符号引起了我们对他那种典型的跳跃的扬扬格的注意。这种扬扬格压缩了发声，叫停了匀称的音韵:

I bear a basket linded with grass.
I am só light and fair
Men must start to see me pass
And the básket I bear.

我拿了一只装满草的篮子。
我如此轻而美
看我经过人们一定会惊动
还有我拿的那只篮子。

(57)

但是仅仅说出“扬扬格”就足以让我们认为我们已经描述出了霍式的审美效果吗？从模仿说看，这些扬扬格和后来那些更为发展了的扬扬格代表了一个不断在不规则振颤的宇宙。身处其中，那种正常的、意料之中的物理法则的运动（例如日夜的安静更替，抑扬之间那种令人放心的恒定重复）已经被一系列无法预言和预见的冲动代替了。或者，把模仿说放到心理学而非宇宙学的框架之下，则我们可以说，扬扬格代表了一个诗人的印象，他把日常生活的刺激看成一系列不可预见、动乱不定的攻击。在霍氏看来，普通诗歌的规则格律丝毫不能代表他的经验所感受到的那种质地，因为它“逆反、独特、冗余、奇特”(144)。而任何诗人的第一要务就是要用一种可与格律、句法、结构类比的节奏对其感受到的经验进行重新配置。

霍氏的震撼（shock）属于一种攻击型的内质（inscape），它几乎总是带有一种二重性的对立，结果会激发出一种情感上的内力（instress）。[①]而且这些震撼通过感官传达。例如，英格兰阴沉单调的冬日过后，霍氏几乎带着一种病理学上的狂喜迎接第一个晴天：

心灵多么喜悦
　　当那被下界哺育、被大地拥抱的灰色
盘旋散去，露出冠蓝鸦般的天空

① 内质和内力是霍氏诗学的核心思想，也是他的造字。内质指事物的个性或本质，或人所观察到的事物、景象、事件的独特性；内力则指维持内质的力或能量。

在斑驳、剥了皮的五月！

银光闪耀的蓝色高空；或者黑夜，在更高的上方，

那里有钟形的火焰，和飞蛾般柔软的银河，

以你的标准，什么是欲望的天堂？

什么是眼力永远不及的宝藏？什么又是听力永远不曾猜到的东西？

(126)

因为对霍氏而言，为了匹配他的美感，“欲望的天堂”须是斑驳的，因此他为之创造的意象也就必须永远斑驳：或是蓝白色，如五月里的白日天空；或是黑底火红色，如夜晚的天空。正因如此，写于霍氏三十三岁（即1877年，根据霍氏自己的记录）时的《斑驳之美》就成了对他的审美而言无比重要的一首诗，它把上帝的单一性和自然宇宙的多样性统一起来达成了和谐：

Glóry be to God for dappled things——

For skies of couple-colour as a brinded cow;

For rose-moles all in stipple upon trout that swim;

Fresh-fírecoal chestnut-fálls; fínches' wings;

Lándscape plotted and pieced—fold, fallow, and plough;

And áll trádes, their gear and tackle and trim.

Áll things counter, original, spáre, stránge;
Whatever is fickle, frecklèd (who knows how?)
With swíft, slów; sweet sóũr; adázzle, dím;
He fathers-forth whose beauty is pást chánge:
Práise hím.

光荣归于上帝，为那斑驳的万物——
为那斑点母牛般的双色苍穹；
为那游泳的鳟鱼身上点彩的玫瑰痣；
新鲜炭火般掉落的栗树的果实；燕雀的翼；
星罗棋布的田地——山地、休耕地和耕地；
以及所有的行当，它们的齿轮、滑车和用具；

万事万物逆反、独特、冗余、奇特；
凡善变的都长满斑点（有谁知道这是怎么回事？）
有快就有慢；有甜就有苦；有亮就有暗；
主造万物，其美恒久不变：
赞美主。

(144)

柏拉图的“众中之一”经基督教转化为上帝父亲般的创造力在宇宙中的自我展示，这是霍氏对斑驳所作的神学确认的第一个比喻，同时证明他对变化的喜悦。然而，《斑驳之美》中没有人类出现。在这首“短十四行诗”的“前八行”中，霍氏首先将斑驳看作我们称之为图案和背景之间的那种关系，他将其称作“斑点”，即在一种颜色的底色上不断重复另一种颜色，如“游泳的鳟鱼身上点彩的玫瑰痣”，或者像蓝天上的白云。再或者，斑驳也可以是两种或更多种均等颜色的条状分布，其中没有哪个颜色是基底或背景，就像原野上生长着不同种类的庄稼一样，即“星罗棋布的田地”。再或者，斑驳也可以是某一类目下的各个分类，如任何行业的“齿轮、滑车和用具”。

然而，莫名其妙地，在《斑驳之美》的“后六行”，霍氏对斑驳的定义几乎越来越变成了有关直接对立、“逆反”之物的问题。他的某些形容词（“善变”和“长满斑点的”）以及形容词式的名词（“苦”和“暗”）开始渐变入道德领域。变化开始暗示着不可靠，斑点开始接近污点，美味开始包括尖酸，狂喜的明亮开始黯淡成模糊。我的直白当然有所夸张，因为只有带着后见之明，我们才能被诱惑着以如此方式解读《斑驳之美》。但是当我们一旦读过《从西比尔的树叶中拼出》①，就无法不如此解读，因为在这首诗中，“逆反”的事物

① 古希腊有很多西比尔，关于她的传说很多。最常见的说法是，西比尔是诗歌和预言之神阿波罗的女预言家，她的预言写在橡树叶上，如果树叶被风吹散，她不负责捡回整理。且预言一经她读出，树叶即化为乌有。此外，预言本身并无固定解释。还有一说她曾手抓一捧沙子，说愿享寿如沙之数。阿波罗满足了她的要求，她于是得长生，却忘了求取青春永驻，因此只好在衰老无趣中度日，最终身体萎缩，居于罐中，只剩声音传世。还有说她是沟通生者与死者的桥梁，因此在古罗马诗人维吉尔的史诗《埃涅阿斯纪》中，主人公埃涅阿斯在她的引领下进入地狱。中世纪的基督教神学则认为她预测了基督的降生。这些内容在霍普金斯的《从西比尔的树叶中拼出》中均有暗示，而霍氏一向擅长在诗作中结合希腊和希伯来两种传统。——译注

终于丑恶地堕入了“黑，白；/对，错”(191) 的伦理范畴。

我终将讨论《从西比尔的树叶中拼出》，不过眼下我想先对《斑驳之美》(144) 表达的新风格体做一描述。虽然霍氏在诗的开头以轻松规则的扬抑格吐露了他狂喜的思想，“光荣归于上帝，为那斑驳的万物”，但他接下来对身体感官的震撼却须用我刚刚说过的扬扬格，或强大的重音，间隔以非重读音节中“不重要的”吞音去表达。霍氏曾对罗伯特·布里奇斯描述《斑驳之美》，提到过这个非重读音节消失的倾向（《书信集》，156）。根据霍氏在此信中的指示，我们不应把“双色”(couple-colour) 看成两个扬抑格，而应看成是一个扬扬格，后边跟着一个非重读音节 our：cóup（le）cólour。同样的删除在“斑点母牛”（brinded cow）里也有，我们应将其读成 brínd（ed）ców。在这个例子里，在霍氏的规划里，夹在两个重读音节间的那个可忽略的非重读音节在格律上是不存在的。[①]

因此，霍诗有比普通一瞥之下多得多的扬扬格，而一般而言，非重读音节在格律上是视作存在的。霍氏的成熟风格强烈体现出他所接收到的那种内质攻击，那是作为音韵震撼

① 在诸如此类的例子里，从语义的角度说，霍氏非常小心地使他的非重读音节成为可以被忽略的音节。couple 中的 l 出现在 colour 中，用以代替我们说 coup（le）时几乎不发的那个 l 音。而 brinded 中的第一个 d 也代替了 cow 之前的那个 d。为了表示不发音音节处的停顿，霍氏在两词之间插入了一个“大冒号”。正如他在以上引用的那封信中关于类似词组 dápp（led）things 所说的：“最后这个音节（如 dappled）与其说自身是个音节，不如说强调了之前那个音节，于是真正的格律就成了 dappled：things.” 霍氏甚至在《斑驳之美》中某些真正的扬扬格的中间都插入了“大冒号”（例如 past：change 和 Praise：him），用以强调两个重读音节大力碰撞时产生的停顿或震撼。

存在的内力。如果狂喜是此处的核心问题，那么把震撼间的缝隙“挤压出去”就成了一种将狂喜最大化的手段，正如以下《茶隼》后六行所表示的那样：

Brute beauty and valour and act, oh, air, pride,
  plűme, here
  Buckle! AND....

狂野之美、勇敢、行动，噢，风云、骄傲、羽翼，
  在此紧扣！而……

(144)

出声朗读这首诗时，应按霍氏自己标注的重音、强调音符和元音省略等指示读成：

Brute béaut (y and) vál (our and) áct (oh, air)
  príde plűme (here)
  Búck (le)! ÁND....

按照霍氏标注的读音，这些诗行的“阶梯”性沿着这一狂喜的清单逐级上升，爬至顶端时达到全大写的展现。[①]但当那体会

① “全大写的展现”指 AND 的全大写。——译注

到的震撼不是狂喜而是痛苦时，那么不管那些有可能使人感到放松和缓解的非重读空隙是什么，将其“挤压出去”都有可能加剧这种痛苦：《茶隼》“冷蓝色的余烬”被说成是“掉落，擦伤自己，被砍出金子般朱红色的深深伤口”［Fall，gáll themsélves，(and) gásh góld-vermíl (ion) ］。

霍氏风格的成熟体就这样被设计成了既能制造狂喜，又能制造痛苦的心理震撼。句法上的极度压缩，再加上扬扬格音节的押头韵和元音押韵，如 fall/gall/gash，均强化了这种风格对扬扬格的根本迷恋。霍氏经常想尽量压缩体验，如他将常规的十四行诗缩短，同时（以夸张的小心）在缩短的形式中保留原有十四行的正确比例。[①]他在《斑驳之美》中将十四行压缩至十行半，不仅匹配他的句法压缩以及他的将音韵压缩至扬扬格，同时也类似于他把这世上令人不安的千变万化压缩至可令人理解的对立形式（快，慢；甜，苦；亮，暗）。通过他创造的那种世界在其间流转的风格体，霍氏告诉我们，虽然世界在他看来千变万化，但终究是可以理解的，不过不是通过逻辑上可以理解的哲学世界，也不是通过重复可以理解的物理世界，而是通过狂喜与痛苦交替的、对其理解无法预言的感觉对立的世界。当最初的感觉引发的震撼彼此密集碰撞时，它们迅速被霍氏狂喜的内力型头脑压缩成了它们初来乍到的样子。

---

① 这只能用分数表示，正如霍氏在《关于节奏的作者序》（《诗作》，117）中苦心指出的那样，6 : 41/2实际上等于12/2 : 9/2。12 : 9的比例正等于普通十四行诗4 : 3的比例。

肉体感知所带来的最初震撼，无一例外都会被霍氏十四行诗的后六句蒸馏提取成一种简短形式，这种形式不再出于感官，而是变为道德和智识，我们可以将其称为二阶内力。我毫不怀疑，这种渐进的压缩在结构上等同于在霍氏强大的感觉接收器官和他充满活力的智识器官内逐一进行的东西。因此，那些认为在对世界进行了精彩的感官演绎后还要“附加”上一层道德演绎是“破坏”了十四行诗的批评家们没能认识到霍氏作为一个艺术家的冲动，即，他不仅要表达他初始的感官过程，还要精确、完整地说出他内心的智识过程。他先是广泛接收，然后集中精神，再以一种接纳的态度传播，最后把感觉锻造成智识的形状。这就是霍氏整个存在的法则。在感官和感觉问题上，传播是第一位的，因为对于存在的震撼而言，他变成了一个接收媒介。收缩波是第二位的，因为对于他所接收到的东西而言，他把自己浓缩成了一台处理器和整形器。然而，在叙事问题上，收缩是第一位的（正如《德意志号的沉没》的快速情节叙述一样），之后是诗节的扩展，此时冥想会详细铺陈先前事件所提供的素材。

这是霍氏让抒情所产生的巨大进步。也就是说，他年轻时曾聚焦于一个不可见的神和一个有道德的灵魂的含义单一、不可分割的本质上，其表现就是他的诗节过分流畅、风格同质，如今他逃离开来，转移至这个由圣父创造、充满着对立和变化的世界的诸多意外上来。他坚持对个人反应做出既智性又感性的记述，他还创造出一种诗节模仿说，这种学说既不轻视他对感官震撼无以伦比的广阔接纳，也不轻视他强烈的、收缩了的智识存在。

霍氏想要表现其经验的多样化的第一次风格尝试是成功的，在《斑驳之美》中他将这种尝试仅限于自然界。但他想囊括世界多样性的第二次尝试却问题多多，因为此时他想为自己对人体——主要是男人身体——的反应进行辩护。他欣赏的眼光现在不仅停留在云朵和山水上，还投注到“男人身体，这世上最可爱的东西上”(183)。而这种美，正如他所知道和言说的那样，比自然界那种令人意乱神迷的美还要危险。他把上帝聚焦为非人的自然之美的造物主，这使他写出了《斑驳之美》。正如我已经说过的那样，他在这首诗中把人类之美小心地排除在外。这首诗的风格体完全适合霍氏对非人之美的感官和智识的狂喜接受，它极度压缩、充满震撼，它用形容词绕过危险，但它扬抑格的开头“光荣归于上帝，为那斑驳的万物”在主题上却宁静安详。相反，道德危险伴随“凡人之美”[①]造成的内力而来，霍氏在很多诗中都探索了这种伦理危险。名为《凡人之美有何用?》的那首十四行诗对其进行了主题上的探索，而有关费利克斯·兰多、农夫哈里和吹喇叭的男孩的三首诗则从视觉上对其进行了探索。只有当思考人类之美时，霍氏才面临对他而言最为强烈的审美时刻。就神学而言，针对面临男性身体时的性唤起（即审美上他一边欣赏这个身体，一边经历“血液跳动”），霍氏的简短回答是，既然

---

① 所谓“凡人之美”，英文原文为 mortal beauty，而 mortal 在英文中一词多义，既有“凡人”之意，也有“致命”之意，因此才有“危险”之说。——译注

基督都已道成肉身，那么关于肉体就没有什么不能被救赎。正如在《斑驳之美》中，天父上帝既然将他的一体扩散成他所创造的万事万物，从而“拯救”了自然之美，那么上帝化身在基督之上也就一样可以“拯救”凡人之美。一首大约与《斑驳之美》写于同时的十四行诗（诺曼·麦肯锡猜测其写作时间为1877年）认为，正如自然之美通过分发自身的存在而揭示了天父的存在，凡人之美也同样分发了道成肉身的基督的存在：

就像翠鸟着火，蜻蜓燃烧；
　　就像石块越过井沿丢下圆井
　　发出回响；就像每条琴弦拨动的讲述，每个挂钟
钟体的摇摆，都能开口说话并奋力抛出自己的名字；
每个凡间存在都会做一件事并且同一件事：
　　将住在自己心里的那个存在分发出去；
　　展现自我——释放自我；说出、拼出自我，
喊出，我所做的即是我：我就是为此而来。

我又说：义人行义事；
　　留恩典：在他的所作所为里留恩典；
上帝看见他的作为就看见了他的模样——

　　他是基督。因为基督在一万个地方显现，
肢体可爱，眼睛可爱，哪怕那不是他的眼

因为他，人脸的样貌在天父看来才可爱。

(141)

在霍氏写自然之美的十四行诗里，感觉部分通常占据整个前八行。而此处的感觉却被部分缩减到了头四行，再现了“凡间存在”所能给予眼睛和耳朵的愉悦。这个“凡间存在”的新范畴足够宽广，足可涵盖所有自然与人类，因此诗才能从一只翠鸟或一块石头富有物理表现力的“自我展现”进展到一个义人富有伦理表现力的“自我展现”上，这两者明显是可比的。霍氏一直都把伦理时刻看成是具有独特重要性的时刻。对他而言，在其至高无上、具有决定性的救苦救难的意义上，伦理时刻绝对不能和感官的接收时刻和智识的构想时刻相提并论，尽管伦理时刻总是和这两者同时出现。在这里，“义人行义事”的伦理时刻被“隐藏在”另外两部分中间。第一部分是感官时刻（蜻蜓的火焰，钟的舌），加上紧随其后的精辟的智识公式“我所做的即是我”。第二部分则是另一个感官时刻，它具有神学意义，此时基督到处“显现”，四肢“可爱”，眼睛“可爱”。义人一旦如基督般行事，就能如此自由地享受体现在人四肢和眼睛里的可爱，霍氏把这种感官的可爱最终归结到基督以人的四肢显现。

这种主题结构堪称独创。它使霍氏在两个领域间插入了伦理行为（“行义事”），作为连通二者的桥梁。其中一个领域是自然界的感官和语言显现（“自我展现”），另一个则是人的层面上“可爱四肢”的感官显现。这种主题结构使我们得知，于霍氏而言，完全的“审美时刻”必须包含什么，那就是感官享受、智识构造以及伦理价值。八年后当霍氏在《凡人之美有何用?》(1885) 中重新思考这个问题时，他将否定这种独创结构。但是即使是在此处，在第一次“行义事”的部署中，这个伦理时刻也束缚住了霍氏的审美，因为后来那个对男人身体做出回应的感官时刻此刻禁止他享受任何先前用来描述翠鸟、蜻蜓甚至石头的欢快的语言细节。男人的“四肢”“眼睛”和“面容”虽然被形容为“可爱”，并且因“可爱”(lovely) 和“四肢”(limb) 押头韵而被赋予了“冲击值”，但它们归根结底还是没有被霍氏的感官语言描写到。如果对男人身体的感觉接收真如“义人”般“正义”，那它就应该被完全享受到，不管是在感官上还是在语言上。但是当霍氏给予自己比此处更多的感官空间时，男性身体的主题就变得危险起来，他在描述上的风格失败暴露了这种压力。《农夫哈里》一诗有陷入感伤的倾向（“看到他百合花般的头发被风卷成蕾丝状”）；《喇叭手第一次领圣餐》中的比喻带有一种不自觉的性类比，以至于对这首诗的心理学解读几乎以其为可笑（那个吹喇叭的男孩“对我所教授的一切/像是个被捏扁的桃子一样温柔接受”）。

写《翠鸟着火》的八年后，霍氏四十一岁了，他又写了《凡人之美有何用?》(182)。此时他面对、写下的是性唤起时的“血液跳动”，而这种唤起是他在写铁匠、农夫和喇叭手时不曾提及的东西。假如他的诗想要精确，那么他现在就必须发明出一套适合基督教诗人的诗歌动力学，以便能对具有性吸引力的身体做出符合伦理“正义”的审美描述。于是他发明了一种审美时刻的“之”字形结构。身处其中，叙述者会把注意力从身体转移到智识、伦理以及神学的内力上，从而对身体的感官享受的持续内力不断做出监控与反击。不同于《翠鸟着火》将伦理时刻拖延到诗的中段，此处的霍氏从一开始就大胆提出他的伦理问题：“凡人之美有何用？”①

凡人之美有何用｜——危险；会使血液
跳动——噢封起那张那什么的脸，｜身体怎么扭得
比普塞尔的音乐伴奏许可的还骄傲？｜看，它干了这
　事：保持
人类智慧对存在之物的温度；｜善是何意——如果
　一瞥
比注视看见的还多，｜那令人难堪的注视。
曾经那些可爱的男孩，那些被战争风暴意外吹落
　的，｜湿漉漉的新鲜果实，
不然格里高利，神父，｜如何能在拥挤的罗马将其
采集？可是上帝把那天的宝贵机会｜给了一个
　国家。
给了人，过去只知崇拜｜木头或贫瘠石块的人，
我们的法律说：爱｜最值得爱的，众所周知；

① 诗中表停顿的竖线为霍氏原有，以下皆然。——译注

世上最可爱的是——人的自我。自我 | 从身上和脸上
  发光。
接下来怎么办? 如何遭遇美? | 只需遭遇; 拥有,
以心为家, 天堂的甜蜜礼物; | 然后离开, 剩它
  独处。
噫, 可是希望, 希望所有, | 上帝更好的美, 是
  恩典。

(182—183)

此处,霍氏最终许可了感觉敏锐的语言碎片发挥作用,并自由使用了类似“发光”和“扭动”这样的动词描述男性身体。这些词属于单音节动词,正如《翠鸟着火》里的“着火”(catch)、“发出回响”(ring)和“奋力抛出”(fling)一样。这是他的秘密文字,用来描述那些时断时续的斑驳时刻,例如黑暗中的亮光一闪,或静止中的一次猛然行动,代表的是那种感受到的感官内力。他还允许自己使用比《翠鸟着火》更直白的语言来召唤年轻男子的性吸引力,那是当他回忆圣格里高利将之称为天使的盎格鲁人时:“曾经那些可爱的男孩,那些被战争风暴意外吹落的, | 湿漉漉的新鲜果实”。此处押头韵的两个内力震撼“可爱的男孩”(lóvely láds)和“被战争风暴意外吹落的, | 湿漉漉的新鲜果实”(wét-frèsh | wíndfàlls)代表一种感觉认可,或曰“接收到的信息”。如果说某种内力对霍氏来说格外强烈,那么它通常都既能愉悦眼睛,又能愉

悦耳朵。霍氏在这首十四行诗里应用了此种双重符号，并以浓缩的和押头韵的表现愉悦震撼的语言宣称：首先，给人以视觉享受的脸应该像现在这样被封存（sealed）；其次，比起随霍氏最喜爱的作曲家普塞尔的音乐起舞的身体而言，此处这个身体扭得更加骄傲。

我们应该记得，这首十四行诗的开头就提出“凡人之美有何用”的伦理问题，而此处这种随后出现的感性内力马上就屈服于对人类之美的智识辩护中。让我再说一遍，这种智识转向对霍氏这样智识的诗人而言，和感官享受一样，都是他的真实反应。凡人之美究竟有何用？

看，它干了这事：保持

人类智慧对存在之物的温度；

这是美的第一功能：使人开眼看世界，看“存在之物”，或曰外部现实。霍氏足以被归为亚里士多德派，更毋庸赘言他还是个斯考特主义者[①]，他会认为物理的“存在之物”是智识的基础。他甚至敢说美可以教给我们一条关于伦理的重要真理，即，善必须至少像美一样美。凡人之美告诉我们“善是什

① 斯考特（约1266—1308），唯实论者，中世纪盛期三位最重要的哲学家和神学家之一，另外两位是托马斯·阿奎那和奥卡姆的威廉。斯考特最重要的思想，一是存在的单义性，即存在与本质之间无区别，存在是人所拥有最抽象的概念，适用于一切存在之物；二是形式特性，即承认在同一事物的纯粹概念与物理存在之间还存在一种中间特性；三是个体性，即个性而非共性才是某一独特个体存在的终极原则，或者说理解现实的前提是承认只有个体存在。斯考特对上帝的存在和圣灵感孕说（即圣母玛利亚怀胎耶稣）也有阐释。——译注

么意思”。这个辩护强大有力，但是接下来霍氏却教我们如何借描述美的效果来回应美。他说，“一瞥”可能比“注视”看见的更多。“瞥”仍代表感官敏感，这点我们可以从“可能看见更多”这一词组所构成的“震撼”中得知。而时间过长、令人尴尬的“注视”则被剥夺了智识权力，在这行诗里，没有持续的愉悦震撼可以归属于它。接下来是盎格鲁人/天使所造成的愉悦震撼，但是很快他们就被另一套同样救苦救难的神学震撼逆反了：“上帝把那天的宝贵机会 | 给了一个国家”。简而言之，每次可爱闪现内力后，霍诗都会用宗教或智识劝诫，并用一种伴随而来的宗教观察的内力来逆反感官内力。遭遇了美以后——“以心为家，天堂的甜蜜礼物”，人须得放弃——“离开，剩它独处”。诗结束时用了一个描述语“上帝更好的美”，试图使神恩发挥一种像血液的危险跳动一样强烈的内力。通过把神恩放到“美”的总括标题之下的等级序列中——即绝对的凡人之美，相对的“更好的美”（神恩），以及上帝这终极的最好的美——霍氏表达了他的信念，也就是伦理堪比感性甚至肉欲。它们中的每个都是通向神的中途站，因此，它们都能互不矛盾地表达各自的内力震撼。基督徒的经验法则是在一“瞥”之后，赶紧从绝对的感官层面让渡到相对伦理、智识或神学的层面，再由此达至最高的神的层面。后两个“高级”阶段一旦进入，就可以使诗人毫无罪愆地短暂回到肉欲的“血液跳动”里了。

这种注意力反复从肉体转移至精神的“之”字形动力是《凡人之美有何用?》的组织结构。无可否认，这是对早期

“较为轻松”的那种结构的一种焦虑的复杂化。那时，面对一个星光闪烁的夜晚或一幅春日风景，冗长、毫不尴尬的内力总是以对其智识、伦理或神学意义的说明而结束。相比早期风格体而言，霍氏的“之”字形新风格体更加紧张和波动，因为旧体应对的只是非人的物理自然，而新体的发明则是为了应对观看男性美对其精神平衡所造成的威胁。不过新体的表达找到了一个把男性美纳入和谐的柏拉图之美的等级中的办法。这个等级从感官的一瞥延伸至神的恩典，并最终到达上帝自身所在的神圣王国。这一等级的每一层级都可使用狂喜的跳韵。

霍氏作品中存在一种关于男性美的伦理构造，它把基督看成英雄，而非人类美的原型，这可以为霍氏的士兵崇拜辩护，因为即使是基督在谈到士兵的英雄主义时，也“须｜垂下他的颈，亲吻，/并叫喊：‘噢，基督做下的事！’”此处须注意的是行动美而非外表美，但霍氏仍旧从外表的“潇洒”推演出士兵们的内在有个令人钦佩的“优秀”自我，虽然他知道从智识的角度讲，这是幻想出了错，是幻想在假装：

心，
因为骄傲，将这内心的召唤｜称为男子气概，猜测
希望，假装，｜男人就该如此；
它幻想；它以为；它让｜艺术家珍爱自己的艺术；
它就这样假装，以至于它将一切看成优秀，｜因为一

切都很潇洒。

(184)

对霍氏而言，在潇洒的外在和优秀的内在之间，在美丽的面庞和行义事的伦理之间有道裂痕，它永远都有加深加宽的危险，还会对他好不容易才达成的风格体造成破坏性的后果。

为什么霍氏在发明跳韵后在某些诗作中又不用跳韵？为了回答这个问题，我们须简要看一下一个堕落前的纯粹“审美”时刻，那时伦理和神学都还未进入其中，它以一种毫不危险的方式展示了霍普金斯的升华。这就是《月出》。根据霍氏在《月出》一诗中所讲的故事，1876年6月的一个夜晚，他凌晨醒来，看到一弯残月从一座暗黑的山后升起。在仲夏夜白色的清晨中，月虽有光，却很暗淡，月也还没有完全摆脱山峦黑色的剪影。霍氏被这一景象微微震撼，他从睡意中醒来，发现自己睁开了双眼。于是他用极为规则的七音步写下了以下这首诗：

我在不能叫夜的仲夏夜醒来，｜在清晨的白色和行
　走中醒来：
月亮，缩小变瘦到一片指甲的边缘，｜举向烛边，
或者像在修剪天堂之果，｜亏缺得可爱，只是没有
　光泽，
从黑暗的美尼法山的，脚凳上下来，｜山冈上退出；

一个山尖还抓着他，一个倒钩还咬着他，|纠缠他，
没有完全松开他。
这就是那个值得珍重、值得渴望的景象，|不请自
来，得来全不费功夫，
将我一叶叶分开，分裂，|从沉睡中一个眼皮接一个
眼皮地唤醒。

(131)

醒来的诗人看到的不是“一个”值得珍重的景象，也不是“一个”值得渴望的景象，而是“那个”值得珍重和渴望的景象。这是霍氏对自己知道的那个不具危险的、纯粹的、感官的审美时刻的典范性描写，也可以说他达到了“欲望的天堂”。这一时刻的组成成分是什么？这些成分在风格体方面又产生了什么？

完美的审美时刻的第一要素是自发性：月出并非有意找寻，而是不请自来，“得来全不费功夫”。第二是格式塔的突如其来：仲夏时节，北威尔士的夜空永远都不会完全变黑，于是月亮带来了这样一番奇特的景象——有光却暗淡。一向勤于观察自然的诗人以前从未见过如此“白色”仲夏中迟到的月出景象。第三是斑驳与对比：月亮是男性，却有着女性的细瘦，“亏缺得可爱”，衬托其下的背景则是最庞大的一种地形，“黑暗的美尼法山”。第四是动态的张力：由山尖和倒钩的可怕形状造成，不愿放开月亮的身体。月与山的“纠缠”在

不同寻常的白色天空的映衬下被突如其来的一瞥看到，使得诗人的自我向这一景象敞开，并把自我一“叶叶”分开，一“叶”向左，一“叶”向右，也使两只眼睛的眼皮都睁开了。

这个纯真时刻化身为什么样的风格体呢？首先，这首诗的层次有种自觉的“完美”，它由神圣的数字七构造而成，也就是说，诗有七拍七行。(虽然霍氏的跳韵总是在第一音节的位置上安排一个音步中的扬音，但是这首诗的传统的格律划分却不是以扬抑抑格开始，而是以平静和缓的抑抑扬格开始：“I awoke/in the Mid-/summer not/to call night/in the white/and the walk/of the morn-/ing.”) 唯一有意义的停顿发生在每行的结尾处。小小的审美震撼包括两个扬扬格（moon 和 dwind-以及 fruit 和 love-），其中每对组合都被中间的逗号“软化”。除“月亮”(moon) 和“果实”(fruit) 外，每个扬音后都跟随着一串令人陶醉的附属小音节：月亮“缩小变瘦到一片指甲的边缘，|举向烛边”［dwínd (led and) thínn (ed to the) frín (ge of a) fíng (ernail) héld (to the) cánd-(le)］。这里截然不同于《斑驳之美》中扬扬格不断的“快慢；甜苦；亮暗”(swift, slow; sweet, sour; adazzle, dim)。虽然在很多诗中，霍氏享受对比的震撼，但此处在《月出》中，为了能单纯、放松、无罪地欣赏美，均匀的半音成了愉悦的来源，代表一种可识别的感知连续性。而在《从西比尔的树叶中拼出》的开头，霍氏无罪地欣赏美的理想已经不再是震撼，而是一种几乎察觉不到的半音转调：真诚、非凡、平等、可调音、似穹庐、浩瀚（Earnest, earthless, equal，attuneable，vaulty，voluminous）。然后，魔力被那个充满威胁的词“惊人”（stupendous）打破。在《从西比尔的树叶中拼出》中，所有这些形容词修饰的名词都是“夜晚”，它们以连续的半音 e，n 和 v 逐渐到达“夜晚”，所以这行“应该”读作“真诚、非凡、平等、可调音、似穹庐的浩瀚夜晚”。就如圣咏《愤怒的日子》[①]中的曲调《喇叭的奇妙之声》一样，“惊人”（stupendous）像最后一声号角一样闯入，以开头刺耳的辅音和爆破音破坏了半音阶。“我们的夜晚压来，压来，终将了结我们”，这首十四行诗后来的扬扬格如此吟咏，它同样毁灭了半音阶。

《月出》没有这样扬扬格的威胁。它平稳和缓的节奏一直延续到了诗的结尾。它的两个轻微震撼温柔而不粗鲁。在它无罪、无威胁的自我表现中，它勾勒了一幅属于人类堕落前的纯真时代的画面。人的指甲和天堂的果实在月亮的形象里毫无压力地相遇，似乎天、人、宇宙彼此呼应。因为有月有山，所以天空仍然斑驳，但是月亮有从黑暗的美尼法山的龙牙和山尖的“脚凳上下来，|山冈上退出”的能力。而且我们知道月亮很快就会完全自由，会在这一时刻的“仍然”和“但是”过去后“完全摆脱”。这让我们放心，让我们相信光明终将战胜黑暗，可爱终将战胜恶龙的掌控。霍氏对倒数

① 《愤怒的日子》原文为拉丁文 Dies Irae，原是一首拉丁赞美诗，描述末日审判时号角吹响，将亡灵召集至上帝座前，得救者将会晋升天堂，不得救者将被投入地狱的永恒烈火。在音乐上，这首诗常用于安魂曲，即为亡灵所作的弥撒或葬礼弥撒，许多作曲家都曾为之谱曲。——译注

第二行“这就是那个值得珍重、值得渴望的景象”的智识编辑表达的正是诗末的恍惚，等于说“我至少已经见识了一次被渴望的美是什么样子”。但是不能允许这种编辑就这么结束全诗。如果这首诗也像霍氏的早期十四行诗那样，把感觉的狂喜吸收到智识的掌握中来，那它可以如此结束全诗。确实，类似月出这样毫无威胁的销魂时刻会允许智识分类穿透视觉狂喜，得出“这就是那个值得珍重、值得渴望的景象”的结论。在感官描写上，它甚至还会允许同等比例的对神学原型的形而上学的一瞥。此处天堂的果实被放到了一个同属神学的魔鬼般的恶龙的背景上，它长着爪子和毒牙，它嫉妒光明。但在这些智识和玄学的漫游之后，诗可以结束了，因为它注视的目标就伦理而言是中性的，它注视的时刻在夜晚，那并非牧师有义务注意的时刻。因此最后只剩下神情恍惚的诗人，在床上，醒着，入了迷，在一种接纳和销魂的状态中一叶叶地被分裂。这里丝毫没有我们在《凡人之美有何用?》中看到的那种男性身体引发的紧张的来来回回：先是偷来一瞥，然后思考，然后再偷来一瞥，最后再到神学。《月出》舒缓安慰的节奏以及“完美数字”的对称；它温柔的非扬扬格的审美感应；它视觉、神学和智识的平静交缠；还有它最后结束在销魂的感官恍惚中，而非严格的智识或伦理思考中——所有这些都表明无烦无忧的霍氏自我所构成的风格体“应该”是什么样子。如果读者知道霍氏晚期的“痛苦诗作”的风格体何等破败萧条，那么当他遭遇这首诗如此对称、不受折磨、“纯真”的格律体和语言体的时候，不免会心头一痛。

相比之下，此处我们必须看看《从西比尔的树叶中拼出》一诗受折磨的身体了。之前在跳韵和“缩短”了的十四行诗中可见霍氏的一种早期冲动，即他想把表达压缩到最紧密的一种形式，可如今某些可怕的事发生了。霍氏曾在他二十一岁写的一个片段里，通过戏剧人物之口宣布了他的“修剪诗学”，这大概是从赫伯特的《天堂》中衍生出的想法：

修剪过的枝条，整理过羽毛的鸟，都更美；
　　为装饰自己，尖塔在角落里形成内角拱；
华美的柱子要倒角；无论在哪儿
　　谨慎减少的人反倒增加了价值。

(68)

霍氏的很多诗都产生自这个前提，即诗人应该去除一行诗中不必要的字，把感受集中起来，快速跳过非重读音节，塑造精辟形象，制造发音清楚的快速格言，如“最坏造成最好”(Worst will the best)。这是一个运动员的诗学，虽然来自一个最不像运动员的人。它相信最节约的运动能量最高效，也最美。霍氏诗学还有一个不同方面，即它有着宽广和放松的潜力。正如我们在《月出》中所看见的那样，这种诗学被运用到了静止和享受的时刻。

但当经验悲剧地聚拢时，光是修剪和删削的诗学就不够了，就像只有放松的感官休息的诗学也不足够一样。在即将走到人生尽头的时候，霍氏写了一组庞大的十四行诗，其中最长的一首叫《自然是赫拉克利特之火，是复活的舒适》(197—198)。[①]它以爆炸般的六步诗行从左到右铺满纸面，以其二十四行、每行十五个或更多音节倾泻而下：

云如马勃菌，一簇簇撕裂，扔出去的枕头 | 在飘，然
　后飞奔
在天上的通衢里：天堂里耍酒疯的人，欢快地组队 |
　他们拥挤；他们闪亮前进。
不管是毛坯墙，还是耀眼的白墙，| 只要榆树弯成弓
就会投下长长的光影斑驳，| 如蕾丝，如长矛，双双
　对对。
明亮喧闹的风欢快地拧成绳，| 纠缠，拍击大地，
吹干昨日雨后的皱褶；在水洼和车辙的皮里烘干
四散的软泥，将它捏成团，| 再硬化成壳，变灰化
　尘；止血，上浆，
昨日还踩着烂泥下地，脚在泥里烦恼，| 今天就风干
　成了一群面具和人印。

---

① 赫拉克利特，公元前六世纪希腊哲学家。他认为宇宙的本质在于不断的变化，为此有名言曰，“没有人能两次踏进同一条河流”。他还认为火是地、火、水、风四大元素中的最基本元素，火生万物，这个世界过去、现在和将来都是永不熄灭的火。他相信灵魂是火和水的混合，但火是高贵的部分，水是卑鄙的部分。——译注

百万燃料，|自然的篝火燃烧。
但是熄灭她最漂亮最爱的，|留给她，她最明亮的自我的火花
人，他的火痕有多牢，|他留下的精神印记，没了！
两者同在莫测的黑暗里，|所有都在巨大的黑暗里
湮灭。噢同情和愤慨！|那先还发光的人形
如今调转方向，碎裂，一颗星，|死亡的墨渍熄灭灯火；他的
　　　　任何痕迹都不凸现
但是浩瀚变得暗淡，时间|也把一切抹平。够了！复活，
心的号角！悲伤不停喘息，|无欢的日子，沮丧。
　　　　在我沉没的甲板的另一端
有一座灯塔闪耀，一束光永恒。|肉体枯萎，皮囊废弃
成了剩余的蛆虫的餐馔；|世界的野火，烧光一切，只剩灰烬：
　　　　在闪光的一瞬间，号角的破裂声里，
我立刻变成了基督，|因为他曾是我现在的模样，而
这个杰克，玩笑，可怜的瓦片，|碎片，碎屑，不朽的钻石，
　　　　　　　是不朽的钻石。

这首诗前八行以传统的彼特拉克体开始，但将随后的

“六行”拉长到了十六行，内中还有四个三音步的短行，[1]我会在以下的格律分析中将这四个短行放到括号里。这种特殊的“后六行”的押韵方式是 cdcdcd（d）cc（c）ee（e）ff（f）。它给原来的六行彼特拉克体增加了四行“多余”的 cd 押韵行，还附加了六行“尾声”，因此增加了新的 e 韵和 f 韵。这样一种风格体意味着什么？它使人想到科幻电影，某个生物体吃了点什么营养物，使它原有的四肢加长，还额外长出了新肢体。但是如果我们继续这一比喻，那么此处并非是使原来的四肢“加长”，而是使其数量翻倍或变成了三倍。在这首诗里，没什么是可以一次说完的。如果有云，云会变成三重：“云如马勃菌，一簇簇撕裂，扔出去的枕头”。如果它们拥挤在一起，那么它们的举动必须被进一步说明：它们会“闪亮前进”。风“拧成绳，|纠缠，拍击大地”。昨天的淤泥捏成了“团，|再硬化成壳，变灰化尘”。诗人比喻一条正在沉没的船被“一座灯塔闪耀，一束光永恒”照亮。死亡两次被提到，两次屈从于死亡：“肉体枯萎，皮囊废弃/成了剩余的蛆虫的餐馔”。末日审判到来，被眼睛看到，耳朵听到：“在闪光的一瞬间，号角的破裂声里”。难道灯塔不是光束？难道肉体的枯萎不必然就是蛆虫的盛宴？为什么一切都要说个两遍三遍？都要变成它自身的两倍三倍？

所有这一切意思接近的同义反复到底是为了什么？它怎

---

① 这种格律由霍氏发明，他称之为 outride，英文字面意思是“短途的骑马外出”。——译注

么可能来自霍普金斯——我们这位修剪和删削的大师？只有当我们看到意义接近的同义反复（比如皮/灰，或者灯塔/光束）汇合成“真正”意义相等的同义反复（x = x）时，我们才能明白这从 x≈x 的《赫拉克利特之火》（我将很快掠过《赫拉克利特之火》，以便赶紧进行到《从西比尔的树叶中拼出》）。霍氏所谓“我立刻变成了基督，|因为他曾是我现在的模样”的声明是“真正的”同义反复中的第一个，这个修辞交错不能算是真正的交错，因为前后两部分时态不同。第一部分的我和基督都是现在时，第二部分的我是现在时，基督却成了过去时。这种等同可以大致算数，只是诗人并非复活后不具形骸的基督。最后一个同义反复最完整，也最大胆：“这个杰克，玩笑，可怜的瓦片，|碎片，碎屑，不朽的钻石”。它那迟缓蠕动的半音被这一系列中的最后一个词组“不朽的钻石”“破坏”了，因为我们原本期待一个类似的半音，比如“易朽的可怜人”。最后一个同义反复完整并令人震惊，它说“不朽的钻石，/是不朽的钻石”，揭示了这首诗的风格“体”中所有先前大致接近的同义反复存在的理由。人类本是按上帝的形象和相貌创造的，却因犯罪而扭曲脏污，但是通过基督的复活，又被恢复到了原来的身份和不朽的美。通过模仿基督，人类作为堕落罪人的漫长痛苦的尘世存在的半音同义试图逐渐重新获得完美的同义反复，却在救赎的身份等同中停止了。救赎表现在语言上就是完美的同义反复，正如人类的不朽钻石是以基督为这颗不朽钻石一样。同义反复是一种修辞模仿，代表新亚当的复活，在霍氏眼中这是基督徒生活的目标。但

是，这种救赎虽然以现在时接续过去时的形式出现（在我沉没的甲板的另一端／有一座灯塔闪耀……／我立刻变成了基督……而／这个杰克……不朽的钻石，／是不朽的钻石），却是用信仰先知的现在时而非经验的现在时宣布的。大意接近的同义词那种唠叨不休的半音只能代表经验，真正的同义反复却只能由信仰赋予。对风暴过后的晴朗的审美时刻现在可以包括“行义事”的完美的伦理时刻，但那只能是在想象中的救赎的未来里。

写于《赫拉克利特之火》两年前的《从西比尔的树叶中拼出》预见到了末日审判时由语言构造的审美时刻的最后消失，这个审美时刻即使在压力下也可集感官、伦理和神学于一体。在《从西比尔的树叶中拼出》中，叙述者面对的是一个被粗暴剥夺了美的伦理王国。霍氏告诉他的朋友罗伯特·布里奇斯，这首十四行诗“史上最长”。当布里奇斯提醒他弥尔顿也曾写过一些有尾声的十四行诗时，霍氏说：“我想附上我的长十四行诗，我仍说这是史上最长，因为它的长度最长，也就是每行的长度最长；任何东西都可以通过增补、加长、加下摆、加尾巴、加荷叶边变长。”（《通信集》，246）两年后，霍氏将会很满意地在《赫拉克利特之火》中加上尾巴和荷叶边。《从西比尔的树叶中拼出》保持在严格的十四行内，但是因为此时霍氏正感到内心有种需求，想把十四行诗的强制范围拉伸至其极限，因此他把每行的长度都由传统的五步拓宽到了拖拉延展的八步。这首诗出现在傍晚“竭力想成为”夜晚的时候，而那夜晚是一口巨大的“万物之棺”。这是斑驳之美的一曲伤心挽歌，唱响于“双重黑暗”迫近的时刻：

真诚、非凡、平等、可调音、|似穹庐、浩瀚……
  惊人的
傍晚竭力想成为时间广阔的|万物之子宫、万物之
  家园、万物之灵柩的夜晚。
她喜爱的黄色角光[1]缠绕在西方，|她狂野空洞的
  灰白光则高悬着
浪费；她最早的星，伯爵星，|主星，悬在我们
  头顶，
火的天堂。因为大地|释放了她的存在；她的斑驳
  行将结束，
入了歧途或群集拥挤，相互彼此，成群结队；|自
  我在自我中浸泡打碎——
遗忘，肢解|一切现在。心，你向我发出
警告：我们的傍晚已经降临；我们的夜晚|还在压
  来，压来，终将了结我们。
只有鸟嘴叶的枝条恶龙般的|锦缎工具般光滑的黯
  淡的光；黑，
那么黑。我们的故事，噢我们的神谕！|让亏损的

① “角光”（hornlight）之说很独特。在早期笔记中，霍普金斯描述北极光为“像太阳躲在云朵背后发出的长角的光线的冠冕”。——译注

生命，啊让生命松开
她曾经绞成束、弄脏污、有纹理脉络的各式各
样，|把一切都缠绕在两个线轴上吧；现在分
开，入栏，集合
她的所有成两群，两栏——黑的，白的；|对的，
错的；只需计算，只需顾虑，只需
当心这两个；这世界的器具但这世界只有他|俩，
一个不同于另一个；在拉肢刑架上
自我折磨，自我紧张，无鞘的和无处藏身的，|思
想在呻吟中碾磨着思想。

(190—191)

此处，一种奇怪的同义反复式的同义词似乎又在起作用，但这是令人难过的自我质疑。应该说“入了歧途”或者“群集拥挤”吗？是想想就可怕的“肢解”还是其实更可怕的“遗忘”？此处还有一种启示录般的同义反复坚持应该彻底结束多样性：“我们的夜晚|还在压来，压来，终将了结我们”。“黯淡”（bleak）变成“黑暗”（black），然后只能以“那么黑”这样同义反复的加强形式重复自己。“只需计算”以破碎的同义反复的节奏重复说“只需顾虑”。

如果就《赫拉克利特之火》的风格而言，进入我们脑海的比喻是一具身体，它复制自己的身体，想要找到它“真正”的形象，并在最后的复制中发现那形象原来是道成肉身

和救苦救难的基督（但是这个最后的复制是对同义反复的身份的复制，而非对同义词的复制），那么，《从西比尔的树叶中拼出》中的比喻虽然也是一个身体，但那身体却正在瓦解为越来越无形的碎片，从熵的角度说，每个碎片都越来越像其他碎片。因为西比尔的书[①]是散落、没装订的，于是斑驳那原本令人愉悦的多样性就一个接一个地臣服于完全的黑暗了。还有斑驳剩下吗？还有，跳韵的斑驳剩下了：它的双重性如今是何种事物的道德标记？

《从西比尔的树叶中拼出》先在前八行提出自然界中的斑驳问题，后在后六行中令人震惊地消散先前叫人难过的注视。在黄昏的薄暮中，这种注视的对象是一种似乎正在消失的斑驳。是的，后六行认为斑驳还在，但那不会是一种长久的外在的斑驳。在最后的视觉斑驳（钢铁般光亮映衬下波纹状的叶片）消退后，物质世界将完全变成黑色。之后唯一剩下的斑驳将是内在，也就是伦理的、末世论的、伊格内修斯式[②]的生活选择："黑，白；对，错"。诗于是在这种伦理选择的拉肢刑架上结束。但是霍普金斯甚至绕过了对善恶斑驳（"黑，白"）的外在视觉比喻，转而青睐这一选择越来越内在的道德内力："对，错"。在诗的最后一个致命的同义反复中，"思想在呻吟中碾磨着思想"。善念、恶念、黑的思

---

① 所谓"西比尔的树叶"和"西比尔的书"，所指相同，因为在一本书里，对开的两页算"一叶"（one leave）。——译注

② 此处的伊格内修斯指罗耀拉的伊格内修斯（约1491—1556），西班牙神学家，耶稣会的创建者。——译注

想、白的思想都是思想、思想、更多的思想，它们在呻吟、呻吟、更多的呻吟中彼此碾磨。“我们听到我们的心在碾磨自己：它杀死/为的是更痛地挫伤自己”，霍氏在一首有关忍耐的十四行诗中如此写道。正是这种同义反复式的和不加区别的自我碾磨的声音，而非视觉或伦理的斑驳，是我们最终在《从西比尔的树叶中拼出》中感知到的。它唯一可能的后果就是造成头脑和心灵在良心的酷刑中惨遭挫伤和挫伤后的死亡，而唯一剩下的斑驳的回响则是那些辅音，它们把两种形式的辅音连缀 g-r-n 分为“呻吟”(groan)和“碾磨”(grind)。

《从西比尔的树叶中拼出》诗行长得令人难受，再加上扬扬格的震撼重复出现，都使这首诗制造了这样一种主要的审美印象：自我肢解有种令人恐怖的闲适感。快速灭绝可能不算折磨，但是后六行无比险恶的逐渐肢解却绝对是折磨。无情的扬扬格（“压来，压来”），一个音步中的两个单音节词都接受同等的重音（“两群，两栏——黑的，白的；|对的，错的；只需计算，只需顾虑，只需/当心这两个”），还有最后令人焦躁的半行中到达的高潮，“思想在呻吟中碾磨着思想”。如此使用单音节词切割句子，似乎再不可能制造音乐上叫做连奏的那种乐句，目的是要通过跳韵及其单调的单音节的来回摇摆，造成对身体的肢解和对语言的遗忘。既然霍氏在此处表现了他对世界最绝望的内力，那么为了忠实于他的斑驳感，他还须在内在的伦理对比中暂时搁置自己，也就是说，白色的正确选择还未最终做出。人只有在死亡那一刻、在

语言和世界的消解中才能做出这种最终选择。

对霍氏而言，伦理王国独特的重要性在于他所理解的伦理王国对堕落后的斑驳美的王国的最终威胁。他那被肢解的身体是他的感官敏感对伦理优先所做出的最后牺牲，而这种伦理优先是他内心最深处的前提：

人按那清单生活，那意志里的偏好
没有智慧能凭计量或猜测预见
自我那无我的自我，最奇怪，最静止，
密密地卷起收拢，全都指向是或不是。

(192)

既然没有智慧可以预见，霍氏因此不知道自己在还剩最后一口气时是会回答“是”还是“不是”，于是他竭力用他的艺术来表现这一选择的急迫。如果艺术家重塑风格为的是要表示一种新的生活观已经代替了旧的生活观，如果这是一种英雄的努力，那么霍氏就成功了。这是我们在比较第一版《圣多萝西娅》和狂喜的《斑驳之美》，以及饱受折磨的《从西比尔的树叶中拼出》时得出的结论。如果一个诗人的伦理责任在于他通过个人不断进化的想象、结构和语言的模仿达到对情感的准确把握，那么霍氏在他的每一阶段就都无比讲求伦理，这也正是他本人所希冀的。我们见证了一个年轻诗人如何在写第二版《圣多萝西娅》时羞怯地开始用扬抑格和扬扬格表达一种温和的感性内力。我们也目睹了写《德意志号的沉没》的那位神父如何发明了一种格律，想要表现那种既狂暴又宽厚的双重感性节奏，那是他所理解的这个世界的内质和内力。我们还知道他在《斑驳之美》和《月出》中对自然界所做的欢愉反应，前者因对立的存在而元气复活，甚至遭受威胁，后者则无辜地将其紧张情绪安抚至恍惚出神的状态。但是我们从《凡人之美有何用?》中同样得知，对男性美的性反应是一个多么危险的世界，容易造成怎样的道德痛苦。它还创造了一种“之”字形的诗歌结构，先是从感性的一瞥奔突至神学或者理性思考，然后再折返回来，为的是保存一种“正义的”，或者伦理上负责任的审美时刻。最后我们知道，通过艰巨的半音和数学渐进线式的同义努力，霍氏想要努力为人类恢复基督的样貌，并最终终结在水晶般救赎那至高无上、预言的、审美的同义反复中。我们同样知道，审美时刻消解为赤裸裸的伦理时刻，并伴以一种令人难以忍受的恐惧，担心救赎将在末世选择最终来临时失落。当头脑变成一个巨大的不和谐音，发出的只有呻吟，并在八步跳韵的诗行中，把自己拉长为一系列不加区别的单音节噪音，那么我们就已经来到了诗的风格体的终极痛苦中了。没有了霍氏的重塑风格体，我们就不会以此种的模仿精度得知这些事中的任何一件，这种模仿的精确不仅表现在视觉再现上，也表现在结构和节奏的实现上。而这正是艺术的道德，艺术最基本的伦理。

谢默斯·希尼：语法时刻

就“风格”一词最全面的意义而言，谢默斯·希尼的风格已经变了数次，但同时又都保留了那种“希尼”味道。要描述那些标志着希尼事业转折的重大风格变化很容易，例如在《一个自然主义者之死》和《北方》发表中间的那些年里，他的田园诗让位给了社会见证诗，但是这些变化都已经被广泛关注到了，因此我想谈谈希尼的风格如何在每首诗之间进行转换。我将从往前倒序讲，主要因为《看着事物》（黄灿然译《幻视》）（1991）一书的某些晚近诗歌以明显的直率和简单深深打动了我。当我观察这种直率时，我意识到在某些情况下，它源于诗人对某种语法要素的专注。这给了我一块我所需要的跳板，使我可以探究希尼的风格如何在每首诗之间进行转换，因此我想谈谈四种不同的“词性”（一如过去的那种叫法），它们为希尼生产了不同种类的诗。

第一是名词，其中我亦包括了名词性词组，例子来自《看着事物》中四部四十八首组诗《方形》中的第二十四首。这组诗之所以叫《方形》，是因为每首诗都有十二行，每行都有五步，使得整首诗看来如同一个方形，比十四行诗的五步矩形更“方”。方形诗可避免十四行诗内在的那种二元对立，因为十四行诗太经常分成提问、回答，即提出问题和解决问题两部分。第二十四首来自名为“背景”的那个分部，“背景”指生活的背景，即场景是静态，但在其上或其中正在发生着各种各样的动态。所谓的“背景”理论在第十九首中得以宣示：

记忆作为一座建筑物或一座城市，
灯光明亮，设计合理，布置了
活人造型和穿戏服的模拟像。[①]

根据文艺复兴时期的记忆理论，记忆应被放置在头脑见到的背景中，以便心灵之眼能够学会以有意义的秩序回想起它的内容：

古代教科书建议说

应把熟悉的地方与图像的密码
刻意联系起来。你知道每个背景中的

① 此章中所有希尼诗译文，除一处外，其余均来自黄灿然译希尼诗合集《开垦地：诗选1966—1996》，广西人民出版社，2018。——译注

预兆，你眨眼和集中精神

（《看着事物》，73）

“你知道每个背景中的/预兆”。希尼这些背景诗背后的指令是认识论的：知道（know）。人首先通过感官知道一种现象学，即“背景”。但这不能使知识完善：人还须知道预兆。这种预兆不能通过现象学感知后的演绎知道，也不能通过背景象征性地知道，而是会在背景中通过感官知道。希尼给自己布置的任务并非是寓言式的任务，而是我们可以称之为透视性的任务。背景象征的并非身外之物，而是身内之物。背景是如今人到中年回顾往昔时重新看到的东西，就像当年曾经感受到的那样，哪怕人在过去那一刻并未认识到那些背景中的预兆。

这种对过去预兆的记忆占有理论如何在风格中得以实现？简单回答就是在“一种名词诗”中实现。动词在这种诗学的影响下变成名词（动名词），或者作为过去分词式的形容词和名词联系在一起。不再有“真正的”或结构完好的叙述性句子展示动词不可避免的时间性，句子几乎完全由名词或名词词组构成：

荒凉海港的寂静。每一块石头
在水下澄清和休眠，
海港墙是一堵砖石结构的沉默。

饱满。闪耀。对波涛汹涌的大西洋
停泊处几乎不为所动，只有非常
轻微的浪潮击拍船板的啧啧声。

完美的视野：乌蛤的宣礼塔
被放逐到那里，与又绿又滑的瓶玻璃、
残壳和沙岩变红的花蕾为伍。

空气和海洋以彼此互为前身
而闻名，与无所不在、
均衡、盈溢同位。

(78)

“闻名”(known) 一词支配着最后三行，正如它支配着之前的“理论”诗，即第十九首的最后三行一样。类似“知道”的词，如“观看”“目睹”“感知”“重新发现”“看见”“感到”“想起”和“想象”，也都居于其他“背景”诗中。这些词说明方块诗是“在沉静中回味起来的”诗，但它们改变了华兹华斯的重点。和希尼不同，华兹华斯在此类回忆诗中经常积极地重新进入、重新上演那个过去的事件。关于水仙花他说：

因为经常，当我卧于榻上，

或心神空白，或默默沉思，
它们就在心灵之眼中闪现
那是孤独中的极乐；
我的心于是充满喜悦，
和水仙共舞起来。

（《我像一朵云般孤独漂泊》）

但是正如希尼，华兹华斯有时也会把回忆中的经验表现为不被知晓的预兆：

　　　　　　我没有立誓，可是誓言
那时却为我而立；我所不知道的约定
也颁布，要我做个忠心的人，
不然就犯了大罪。

（《序曲》，第四部分，341—344）

正如华兹华斯在《序曲》中的黎明回忆一样，希尼的预兆也会不知不觉储存于童年、青年以及更近的过去，只是那时它们还未被当成诗人未来将会怎样的预兆看待。只有在现在，在回忆那些被神秘储存起来的场景时，希尼才能发问，为什么是这些而非那些被遗忘的其他场景成了深深印刻在脑海里的预兆。他于是在诗中将它们唤起，这次是为了将其中的预兆提升到意识的层次。这种诗的二次再现似乎发生在二次看见的静态恍惚中：感官记录视觉、声音、运动和关系，但是不许观察者干预。现在的能动无法穿透记忆的背景幕布，无法和过去的水仙花共舞。既然名词是最静态的一种词性，它就必须支配这样一种被恍惚诗学引领的诗风。但是不是每种名词都可以，为了阐释的缘故，我们须对名词的种类加以考察。

第二十四首的名词是寂静、石头、水、墙、砖石结构、沉默、饱满、闪耀、大西洋、停泊处、啧啧声、浪潮、船板、视野、宣礼塔、玻璃、残壳、花蕾、沙岩、空气、海洋、前身、同位、无所不在、均衡和盈溢。这些名词可以分为四组或四种。第一组无疑是普通名词，代表“实物”，即海港、石头、墙、停泊处、浪潮、玻璃、残壳、沙岩、空气和海洋。这些“实物”构成背景的第一层。第二组名词比较富于幻想，但是仍然是从“实物”中提取的可见之物，是比喻意上的“实物”，如砖石结构成了沉默的比喻，啧啧声成了大海声音的比喻，宣礼塔成了鸟蛤的比喻，花蕾成了一块红色小石头的比喻。

第三类名词是“物化形容词”和“物化动词”。形容词“寂静”“沉默”“饱满”“无所不在”在这里成了名词，动词“闪耀”和“盈溢”则用作了名词。形容词（“沉默”）或动词（“盈溢”）在“现实生活”中所代表的性质在这里被放到了名词恍惚的静态表征下。早先一首背景相似的著名诗作对待形容词的办法是“不加修改、原样不变”：

今夜的海很静（calm），
海潮很满（full），
海峡之上的月很白（fair）；……
　　　　　　　　英格兰的悬崖耸立，
闪烁（glimmering）、巨大（vast），在平静的
　（tranquil）港湾里。

（马修·阿诺德，《多佛海滩》）

希尼式的恍惚会把这里的形容词都变成名词：calmness，fullness，fairness，glimmer，vastness，tranquillity。这一举动会把我们置于名词词尾 ness 以及性质暂停、无事发生的世界里。这个 ness 的世界用代表完成的过去分词来成全其名词词组：一切都是被废弃、被澄清、被充满、被完美、被放逐以及被闻名的状态。正如暂停时不能运动，完成时也不能运动。希尼诗中的运动仅仅来自用从属的形容词分句表现的大西洋的浪潮掀动泊船处，撞击船身发出啧啧声。

第四组名词涉及关系，即前身/先行（antecedent）、同位（apposition）、均衡（equilibrium）。其拉丁前缀（ante-，ad-和 equi-）包含的意思分别是之前、伴随和平衡，每种状态都要求有两个事物的存在。这些名词给我们提供了两种看待恍惚的办法，在此种恍惚中，记忆被复活为预兆。恍惚首先是悖论，因为两个事物不可能彼此互为前身。其次是共时，因为“真实”事物（如空气和海洋）可以被认为是接下来的三者中

任意一个的同位语：一是玄学，它引出一个神学词汇，如“无所不在”；二是认知，它引出一个科学词汇，如“均衡”；三是动觉，它引出一个物理上可感知的词汇“盈溢”。

以上三个关系名词中有两个（先行词和同位语）都来自语法，这并非偶然，因为“预兆被认出”的恍惚只能在经验之后用语法写下来才能被表达。代词既然指代先行词，那么被认出的预兆就指一种始发的经验。但是因为事后预兆被认出，使人想要回到过去验证，那么从认知的角度出发，对那个被重新发现的现象而言，认出也就成了一种先行。经验对书写下来的“认出”而言是一种必要的先行，但是语言中的“认出”也是先行，通过它，预兆才能被揭示为一直隐含于原始经验中。另一方面，同位语和先行词不同，它并非一种时间比喻。先行词一旦被假定为生活和写作双方的基本条件，它的矛盾相互性就可以在丰富中安身，而同位语正是这种丰富性的修辞手段，是按下和碾压的比喻，是盈溢、均衡的比喻，是对无所不在充满喜悦、不加分别的比喻。

这就是名词性给这首诗的压力，以至于身在其中，即使形容词也大多成了名词：海港寂静、海港墙、船板、鸟蛤的宣礼塔、玻璃瓶、残壳。这个顽强存在的名词化的形容词手段在希尼的恍惚记忆中代表什么？它当然代表合并，因为这种手段或是一种表示所有关系的短语的浓缩，如“海港的寂静”和“船只的木板”，或是叠加，因为像宣礼塔一样的鸟蛤成了“鸟蛤的宣礼塔”。属于不同概念层面的东西（如海港和寂静）成了相互牵连的双方，经过再次出现那一刻的过滤成为想象中的预兆。

但是这一场景是什么的预兆？这里有必要召唤另一套非常不同的场景，即希尼诗中大量存在的指向二元对立的童年场景。《另一边》就是一例，诗中一个新教邻居造访了希尼家的天主教农场。这些二元经验在希尼的另一首诗《界标》里得到总结，这首诗分析了希尼自己必然二元的反应："这有什么稀奇，当我想/我原应再想一想？"（《诗选》，234）那突破、搅扰了希尼的休息时刻的诸多焦虑是如此常见，以至于对他的艺术而言，焦虑似乎是内在和无法避免的，《重访格兰莫尔》中石南上的老鼠就最典型地体现了这种焦虑。然而我在此处考察的恍惚诗告诉我们，"无所不在、均衡和盈溢"中所蕴含的凝聚和整合的感情同样出现在希尼后来的人生中，对这种相对晚进的完整无缺的心理状态的预兆可以定位于早先某个"视野完美"的一天，那天希尼在一个荒凉的海港体验到了一种感知的狂喜。海港时刻是个时间的预兆，此时他的想象还未必是二元的，他的思考也不总是重新思考。

是否成年后的每个情感和认知状态，即使在很晚的时候发生，都有早期的感知预兆？如果真是这样，那么应该如何理解过去和现在的关系？海港诗说明对过去的某种类型的复活是一种创造第三空间的办法。这种复活并非如华兹华斯之于水仙，不是将感知经验像当年遭遇的那样重新来过一次，而是对其进行令人震惊的重构，将其向前投射出来。它既不是纯粹记忆被积极复活，也不等同于和过去已有距离的现在的现实，而是过去被向前记忆成一种预言。过去必然会被现在概念化，因此过去在动力学上是静止的。它在几乎如天堂般均衡的名词中被感知，互为先行词、同位语、无所不在、均衡和盈溢。

这个名词作者怎么能是在《田间耕作》（又译《野外作业》，1979）那首棒极了的开篇诗《牡蛎》里发誓说“动词、全是动词”的希尼？《牡蛎》想全部用动词写作，它开篇即用一条动词和动词变的形容词的弧线把平庸的牡蛎、吃它的诗人以及天上那个崇高的星座联系起来：

我们的牡蛎在盘子上噼啪响。
我的舌头是一个盈满的三角洲，
我的颚悬挂着星光。
当我品尝咸咸的昴星团时
猎户座把脚浸入水中。

《牡蛎》的诗节本身也由动词组织，比如牡蛎“放在”，我们“驾车”，罗马人“拖”，我“吃掉”那一天。可是说话人的动词固然充满动能，说话人自己却用悲惨和重新思考毁了他无辜的食欲。他的性焦虑和政治焦虑使他无法在当天的物质幸福中安身，使他把他正在吃的牡蛎和受害女性以及牡蛎进口联系起来，女性是“活着并受侵犯的”，进口是说有钱的罗马人为了个人享受花了大价钱把牡蛎——这有着“蕨叶状唇的、被浓盐水蜇痛的/特权饱享物”——拖到罗马去：

（我）愤怒于我的信任无法
憩息于这清澈的光中，如同诗歌或自由
从海里斜涌而来。我蓄意
吃掉那一天，让它的强烈味道
加快我成为动词，纯粹的动词。

（《诗选》，107）

对希尼而言，“动词”代表对生活的即刻的感官理解，它未被性或政治的重新思考糟蹋。但是“动词，纯粹的动词”的野心并没能经常在《田间耕作》中实现，因为它总是会满怀负罪感地冥想“被谋杀的死者”（《獾》）。想要“动词，纯粹的动词”的愿望在《颚音缪斯》一诗痛苦的结尾处出现了一个温和的版本。此处希尼放弃了想要成为公众治疗师的愿望，他不再野心勃勃，他只愿重新获得内心的感受：

我感到自己像一条身上长满疮疬的老狗鱼
渴望游泳去接触温唇柔嘴的生命。

（《诗选》，123）

这里的重要动词“渴望游泳”无法与诗人在他旅店窗下看见的情色“生活”积极联系起来。

那么，那些不见了的表示动作的动词都去哪了呢？它们大多都在希尼的童年诗里不自觉地现身了，仿佛自己浮现出来，就像有首诗里男孩和他妈妈把床单从晾衣绳上取下来叠好一样：

……我拿起我这边被单的两角，
对着她拉起来，先是垂直向下，
然后对角，然后轻摆和抖动
这织物，像侧风中的帆。

(250)

可是这样不假思索、习惯性的家庭动作能维持成年的生命吗？对“纯粹动词”的渴望主要作为挫折出现在《田间耕作》中。诗人能够看到、注视和忍受：他可以在格兰莫尔谷地中隐忍等候，看见活跃的鬼魂“阔步踏进他们的春天站台”（《诗选》，124），但他自己只能梦想“突破”，“突然和确定如那个大胆骑车/横渡结冰的莫约拉河的男人”（129）。诗人自己没有快骑：“我们在那棵有叶子的树和那棵没叶子的树之间/站好”（《田间耕作·九月之歌》，43）。[①]诗人和他妻子之间发生的一件事终于使《田间耕作》在对静止的漫长疑惑后找到了属于成年人自己的积极动词。那是当格兰莫尔谷地的醋栗树丛开出粉色花朵，却散发出意想不到的刺鼻的“猫尿

① 此处引诗为本书译者自译。

味”时。看到花丛的诗人用一连串故意、蓄意的动词做了一个我们能够想象到的最原始的艺术行为。首先，他用树叶的汁在妻子手上涂了一个树叶的形状：

我把从开花的醋栗
摘来的一片叶子
压在你手背上
让它黏糊糊的汁液
那紧而慢的火辣感
搽上你的皮肤，
让你的血脉与叶脉
相互交错。

由“血脉/叶脉/交错”构成的词汇交错把涂色变成了一种魔术般的仪式。然后，叙述者用一连串的动态动词把一层颜料似的泥土涂在了画布般黏糊糊的皮肤上：

我舔我的大拇指
并在耕土里蘸了蘸，
给施了涂的叶形
施涂。耕土
在你手背上
开花和染色
像一个胎痣——

我的棕土人儿，
你被玷污了，玷污
至完美。

（《诗选》，140）

是什么解放了犹豫的诗人，将其从无力的旁观状态解放到“动词，纯粹的动词”？那正是对完美不是无瑕，而是有瑕的发现。“我舔……蘸……涂”中的动词都是施礼时所用，带有模糊的施洗礼和坚信礼的感觉。借助黏稠的汁液（生命之液）和黏土（“你本为尘”）所画的符号，对有瑕身体——包括男性身体和女性身体——的感化终于把一个长期以来自以为犹豫不决、充满渴望并且疏离了誓言的观察者变成了一个果决行动的人。那誓言是最初希尼关于笔做过的一个著名的动词宣誓，他说：“我将用它挖掘”，笔代替的是他父亲的铁锹。

如果最近的希尼是个名词诗人，感性的希尼是个动词诗人，那么最早的希尼在我看来就是个形容词诗人。他的早期诗作当然有叙述，比如他诗中的男孩会被呱呱叫的青蛙吓坏，或者会惋惜自己的黑莓一夜之间腐烂变质，但是这些故事的情节远不如点缀故事的形容词和形容词短语令人难忘。仅从《一个自然主义者之死》（《诗选》，5—6）中列举几个具有丰富感性的形容词吧：“碧绿而昏倦”的亚麻，“蛙卵那温暖而浓稠的黏液”，“堵塞”的水，以及“颈部松弛”“脑袋愚钝”“肚子巨大”“黏液大王”般的青蛙，都使混浊的自然界从希尼的诗行中冒泡、分泌。这些形容词既感性又饱含触觉，既能描述井和辘轳，又能描述茅草和小块黄油。确信形容词不可穷尽，确信用描述来定义的过程没有尽头，这样的确信是《沼泽地》一诗所表达的希尼早期诗艺背后的原因：

地面本身是善良、乌黑的黄油

在脚下融化和松开，
距它最后定形
还差几百万年……

潮湿的中心是无底洞。

(22—23)

正如我已经说过的那样，从年轻时代起，希尼所用的形容词就自然是济慈式的。但在他诗艺最盛的《北方》中故意用形容词写诗对他而言又是何感受呢？形容词的终极意义当然在于通过明喻和暗喻表达类比。希尼用形容词和语言的指示意义作战，并由此向终极意义进发。他在《北方》中的杰作应属《格劳巴勒男子》（《诗选》，82—83），它借助形容词的崇高对抗名词指示意义的平淡，将想象力激发至极限，它可以算是对诗的辩护。

在《格劳巴勒男子》中，希尼看到一具被谋杀的尸体，因长期埋在北欧日德兰半岛的沼泽中而被土里的酸染黑。被挖出的尸体无法被描述，甚至拒绝被描述。面对此情此景，常规的指示性词汇是类似“尸体”和“死人”这样平淡的名词，但是诗人义愤填膺地斥其不洽：

谁会说他这生动的表情[①]
是“尸体”？
谁会说他这不透明的安息
是“死人”？

诗人使格劳巴勒男子的干尸成为我们普通的指示名词（“死人”和“尸体”）与他个人形容词化的抽象名词（“铸造”与“安息”）之间的对比场域。形容词“生动”和“不透明”互为矛盾，抽象名词“铸造”和“安息”也互为矛盾，因为“铸造”把尸体变成了青铜雕像，而“安息”则将其变为沉睡之人。正是为了针对那些漫不经心说出“死人”和“尸体”的人，诗才树立起一个关于格劳巴勒男子的语言幻象。每个形容词的描写都是在用青铜艺术给尸体再次塑像，每个类比也都是使尸体从其“不透明的安息”中复活的指令。

---

① “表情”原文为 cast，字面意思是“铸造”“塑造”或“雕塑”，这也是文德勒在下文中反复论说的一个关键词。——译注

因为在希尼的形容词力量中，有争论的议题无非是复活。诗人能否把格劳巴勒男子——也就是世人疏忽怠慢的眼中那具“尸体”和“死人”——变成艺术的“生动的铸造”？或是在奇特安息中舒展的活人？诗人用“不透明”一词告诉我们他本人还不确定这种安息预示着什么，内中又蕴含着什么。只有通过形容词的假设以及一个接一个的想象力的塑造，观看者才可能发现不透明的背后隐藏了什么。形容词的假设必须真实于躺在观看者面前的这具被挖掘出的怪诞尸体，这个最初在照片里、之后在博物馆里、再然后在记忆里被看到的形象。但是这些形容词的假设也一定暗示了这个形象的前史，那时它还未被这个粗糙的世界贬低为“死人”和“尸体”。

诗人用“仿佛”和“似乎”引入的第一批形容词假设给出了格劳巴勒男子的整体形象：

仿佛他被浇灌了
焦油，他躺在
一个泥炭枕头上
似乎在缓缓淌着

他自己的黑色河流。

第一个假设使这男子成了液态工艺的结果，好似炽热的青铜雕像一般。但是因其黑色的表面，诗人猜测这尊奇特美好的雕像是用“焦油浇灌的”。通过第二个假设，人像嬗变成了一个沉睡的人：“他躺在/……枕头上”。在第三个假设中，雕像/人被赋予了一种现在时的能动，以及一种奥维德式的自我创新的变形力量：他“似乎在缓缓淌着/他自己的黑色河流”。“黑色河流”令人想起冥河和忘川。作为一条横亘于凝视的观看者和他不为人知的受害来源之间的河流，格劳巴勒男子呈现出一种地理、自然和英雄意义上的宏伟，比他作为一尊雕像或一个人还要宏伟。

当诗的视线从这个人的整体转移到他的各个部分时，形容词的假设就开始使用“像”“一样”等词，来继续诗人在对类比的有意寻求中所具备的那种自我反思，这种反思在“仿佛”和“似乎”中已现端倪了，而“像”和“一样”则标志着新的类比在修辞上是明喻：

他双腕的纹理
如同沼泽橡，
他脚后跟的团块

如同玄武岩蛋。
他的脚背已收缩
冷如天鹅脚
或沼泽的湿根。

在诗人寻找合适的谓语形容词的最初过程中，明喻倾向于非生命体，如沼泽橡、玄武岩蛋、沼泽植物的根。但是倒数第二个有生命却与主体分离的鸟的部位（冷冰冰的天鹅的脚）却引领了随后那些有关生命体的暗喻。

一个接一个的试探后，诗人终于进展到了这倒卧者不为人知的实质：他是石头吗？他是坚硬的鸟类组织吗？他是一个多节瘤的根吗？试探先是视觉，再是触觉，有时是二维（“他双腕的纹理”），有时是三维（“他脚后跟的团块”）。此时的尸体仍未复活，它仍是石头一般、木头一般、冰冷、陌生，由关节断离的各部分组成。但是当明喻转为暗喻，尸体就开始惊觉欠伸。虽然它的各部分仍旧断离，但用来描述这些部位的那些暗喻却是完整的生物，是活着、能动的。

他的臀部是蚌的
壳脊和囊袋，
他的脊柱是一条困在
闪光的淤泥下的鳗鱼。

然后就是那令人惊诧的活力揭晓的时刻：“头昂起”，接着“伤口张开”。再没什么“仿佛”“好似”，或“像什么一样”。诗人对格劳巴勒男子不透明性的逐渐渗透得到了明澈的观察的奖励，并由此看到了尸体最黑暗的深处：

头昂起，
下巴是一个面甲

高悬在他那被割的
喉咙的切口之上，

切口已晒黑和变硬。
愈合的伤口
向内张开，通向一个黑暗的
接骨木色的部位。

在这里，比喻的假设（“面甲”“变硬”“愈合”）为先前部分无机、部分有机、部分动物的玄武岩蛋、沼泽根和一条被困住了的鳗鱼赋予了人类的个性。现在，这个人戴上了武士的面甲，即使这个面甲只是他因刀砍致死而脱位、后缩的下巴。他还被赋予了一种隐含的道德品格：他喉咙的切口“晒黑和变硬”。他的伤口晒干、治愈了[①]，此处的双关语语义沉郁。但是这个形容词的假设列表中最大胆的是最后一个。“在这令人困扰的黑色表面下埋藏着怎样腐败的黑暗？”探究调查的头脑问道。但是，腐败没发现，却在老伤口的坑洞处发现了一种令生命复活的果实——接骨木。图伦男子被发现“他最后喝的冬季种子粥/在他肚子里结成饼块”（《诗选》，39），沼泽女王告诉我们在她埋于地下的漫长日子里，她的脑子发黑，变成了“一罐卵/在地下发酵”（79）。这些内部黑暗是有繁殖能力的，就像被埋葬的短发党人衣服口袋里的大麦在他

① “晒干”“治愈”英文原文都是 cure，因此此处 cure 是个双关语。——译注

们死后的下一个八月就发了芽（《献给短发党人的安魂曲》）。

只有在头昂起和伤口张开的“神奇的”独立复活时刻，诗人才能为他对格劳巴勒男子所做的观察辩护，说用“死人”和“尸体”这样的指示名词描述他是不恰当的，而昂头和伤口张开是由希尼的形容词序列塑造的。将受害者起死回生，看到他被刀砍的喉咙在耻辱中大张着，希尼感到心中柔情复苏。他不能就这样置这具日德兰干尸于危难中不顾，就像耶稣不会弃拉撒路[①]于不顾一样。脱节的部位一定要重新发声，受害者一定要恢复被杀前的纯真。明喻回来了，因为诗人想起了他第一次看到格劳巴勒男子时的情景，那是当他在 P. V. 格罗布的书《沼泽人》中看到一张照片时。现在时间反转，尸体变成了一个新生儿，虽然他通过“生锈”一词有了岁月的烙印：

他铁锈色的头发，
一大团，不大可能地
像胎儿的。
我第一次见到他扭曲的脸

是在一张照片里，
头和肩

① 圣经新约中所记死后被耶稣复活者。——译注

从泥炭里露出，

青肿如产钳婴儿。

不过恢复胎儿或新生儿的纯真并不足够，格劳巴勒男子还必须被恢复尊严。当诗进入自身被写作的过程，也就是“现在”这个时刻，诗人先前的两个经验——第一次在照片里见到格劳巴勒男子和日后在日德兰亲眼见到真正的尸体——就进入了记忆被完美化了的过去领域：

但现在他完美地

躺在我记忆中，

直至他指甲的

红尖角。

之前胎儿和婴儿的明喻更超然，此刻“他指甲的/红尖角”再一次将我们带回暗喻。指甲埋入地下被染黑，变得像角一样，而角这种物质像指甲一样，处于静止和活着之间的过渡状态，好似沼泽橡、玄武岩和植物根一样，适合被雕塑家的手塑造。想象力为最后一个形容词假设做好了准备，它把格劳巴勒男子之死的残暴和他作为雕像的美的“塑造”平衡起来。如今回想起来，这一形象被暂停了：

都整个悬在天平上，

连同美和残暴。

左侧，格劳巴勒男子和暴力制造出的美放在一起。

连同过于严谨地被限制
在其盾牌范围内的

垂死的高卢人。

右侧，格劳巴勒男子和未被艺术诠释的社会残暴放在一起：

连同每个被割喉和被埋葬的[①]
蒙面牺牲品的
实际重量。

1974年，当谈到沼泽尸体时，希尼说："在我脑海里，这些难忘的受害人的照片和过去以及现在爱尔兰漫长的政治和宗教斗争中那些残暴的照片融合起来。"（《先入之见》，57—58）

当我们站远点看想象力不断被塑造成描述的模式，看它寻找恰当的明喻和暗喻，以便和它令人畏惧的史前目标相匹

① "埋葬"原文为 dump，字面意思为"丢弃"。——译注

配时，我们就会看到，从语法上说，这首诗用了大量动词（他“似乎在缓缓淌着”）、名词（一颗“玄武岩蛋”）和形容词。但是这些词组努力的最终目标是形容词：除了使格劳巴勒男子的形象变成“死人”和“尸体”以外的东西，描述还能发明什么？希尼之所以用形容词，最终效果当然“纯粹是动词”的——尸体昂起头、复活甚至重生。但在“被完美的记忆中”，格劳巴勒男子又一次在两种意义上变得无生气了：第一是作为艺术品。是的，只要他被纳入希尼的诗中，就像垂死的高卢人在美学上被限制于盾牌内一样，他就无生气了。作为艺术家的希尼对他自己艺术的评价是：格劳巴勒男子的运动潜力远比这首诗描述的范围大，后者对其中内容（格劳巴勒男子）太过严厉，就像以《垂死的高卢人》命名的那个凯尔特青铜雕像对高卢人的身体所做的处置一样。[①]为使高卢人的形象和圆盾形成一种风格化的关系，这尊雕像将高卢人的形象强扭成了一个倒下的士兵不会有的不自然姿势。因此，不能用对尸体“过分严谨”的美学构造结束诗歌，但可以屈服于第二个“被完美”的无生气状态，即受害者被他人所施加的动作的过去分词所包裹，被可怕地“割喉”和“丢弃”。这是诗人最后的一组形容词塑造，是他对格劳巴勒男子的最后观看，这些都是无比“不诗意”的。

---

① 《垂死的高卢人》是尊古希腊青铜雕像，大约创作于公元前三世纪，作者不详，创作缘由可能是为庆祝古希腊帕加马王对迦拉太人，即安纳托利亚（今土耳其）的高卢人或凯尔特人的胜利。雕像表现了一个战败的高卢士兵胸部受伤跌坐在他的盾牌上的情景。此像今已不存，传世的是古罗马时期的大理石仿作。——译注

形容词诗的性质是辐射状的。希尼所有冒险的形容词塑造都从一个令人迷惑的中心主题辐射出去，是从多侧面看待同一主题的方式，因为这个主题在想象力方面太具压倒性，无法被当成一个整体把握。形容词塑造是手段，它容纳复杂，将不透明鼓励为透明。虽然辐射结构对形容词模式来说自然而然，但是希尼太被格劳巴勒男子所震撼和升华，以至于他不会只用这种结构。接下来通过“坦露技巧”（借用俄国形式主义用词），他把辐射结构焊接到一种对自身连续探查的线性结构上，这个线性结构从“好似”“仿佛”开始，通过“像”“一样”达至暗喻本身神圣的、复活性的生动：“头昂起”。然后诗揭示其自身的奇迹，回到“像”和“一样”，将尸体逆转至婴儿状态。最后，诗正式提出形容词描述的两难处境：它把艺术的美和暴力的残酷处理为同一天平上两个对立的砝码。这种分叉的结局暗示，形容词性的艺术描述固然可以带来对本质的澄清和对事物的暂时复活，却在严格的维度上无法比拟生活的运动潜力。使用形容词的结果或是赞成风格化（盾牌上的高卢人），或是承认无法将凡人风格化（此事无可挽回），因为凡人总是被割喉、被丢弃，无论宗教或审美都无法使其复活。

当谈到名词、动词和形容词的词性是希尼风格变化的指标时，我并非想要贬低其他那些一样强大的风格指标，如形象和文体。但是形象和文体比较容易被看到，因为它们是著名的宏大叙事的载体，比如乡村诗人变成政治诗人，或者格兰莫尔的十四行诗人变成斯泰逊岛（一译苦路岛）的亡魂。内容的宏大叙事已经为人熟知，但是风格的微小故事却不够明了。

我想用另一个不太被人注意的词性——副词结束本章。当我觉得希尼的某首诗和我不久前读到的他的另一首诗感觉不同时，我经常只需看看那首诗的语法结构，就能确切知道它们在风格上的差别了，这种差别对我来说意味着对生活和态度的不同部署。希尼1984年[①]的一首诗即是如此，这是他最光辉灿烂和最言简意赅的自我定义诗之一。我之前提到过这首诗，它叫《界标》（《诗选》，234—235）。

界标

I

当我在那里挖寻，我就会看到
一颗橡果和一个生锈的螺栓。

如果我抬起眼：一个工厂烟囱
和一座冬眠的山。

如果我聆听：一个在调轨的火车头

① 疑似错误，《界标》收入1987年出版的《山楂灯笼》一书，而非1984年出版的《斯泰逊岛》一书。——译注

和一匹疾奔的马。

这有什么稀奇，当我想
我原应再想一想?

II

当他们谈到那只谨慎的松鼠的贮藏物
它便闪耀如圣诞礼物。

当他们谈到不义之财
我口袋里的硬币便羞红如火炉盖。

我既是交界排水沟又是交界排水沟的岸
受尽两边所有权的局限之苦。

III

两个桶比一个桶更容易提。
我在两者之间长大。

我左手放好标准的铁砝码。
右手添加使天平倾斜的最后一格令。

郡区和教区在我出生之地相接。
当我站在中央那块踏脚石上

我是水流里马背上最后一个郡主
仍在谈判，在他同辈的听力范围内。

《界标》要我们思考自我定义的两个范畴。一是时间上的递增，由表示动作的从句——“当我”或“如果我”——表现。二是更为静态和空间的自我定义，在诗中以简单副词“在……之间”以及各种形象表现：如溪流（“交界排水沟”）划分相连的“交界”，两个用扁担担起的水桶，一架天平，两个教区的分界，以及河水中流一个骑马、驻马、和敌人谈判的郡主/伯爵。从开始的“当我在那里挖寻”到结尾的“当我站在”，希尼用这一长串状语从句构成了诗的语法结构的电枢。一、三部分中男孩的“当我”区别于第二部分男孩父母的“当他们”。

一首状语用得如此坦率和连续的诗将我们带入“状语的意义究竟何在”，以及“我们为何使用状语”的核心问题。此处状语的作用在于建构同时性。正如我们已经看到的那样，在希尼“被完美的视野”中，空气和海洋互为彼此的先行词，在观察的同时性中互为彼此。所以在《界标》里，自我构造是心理的两方面立刻形成、互为彼此的过程。《界标》的状语词组表示习惯，“当”和“如果”在意思上近似“不管何时”和“经常如果”。以下是一张表示同时的状语表：

当/如果
- 我挖寻
- 我抬起眼　　我会看到
  - 橡果
  - 螺栓
  - 烟囱
  - 山
  - 火车头
  - 马
- 我聆听
- 我想　　我会有
  - ［最初的想法］
  - 再想一想
- 他们谈到
  - 贮藏物（闪耀）［节俭］
  - 不义之财（羞红）［贪婪］
- 我站在　　我是　　中流的郡主

这样一首诗，开始和结束都在交界的排水沟。排水沟是希尼第二部分中令人震惊的自我形象，它通过行动和感官，将自我形成建构成了自我与环境之间经常开展的对话。如果说华兹华斯表现的是一幅绝对的乡村场景，它通过不断的美和恐惧滋养儿童，希尼则让我们瞥见了一个既工业化又乡村化的环境，其中一枚捡到的机器制造的螺栓和一枚捡到的橡果碰巧并列，工厂烟囱映衬在山峦的背景之上，耳朵里一边听到火车头的噪音，一边听到马匹的疾驰。而且火车头和马匹令人不安地相像，“火车头调轨”给了铁马一种步幅练习，自然得就像“疾驰”对它血肉之躯的兄弟一样。希尼的状语从句提醒我们，视野并非看的结果，声音也不是听的结果。相反，“看”是看东西，“听”是听东西。“挖”也是挖东西，因为“挖”这个方言词的意思就是“用带钩的探测工具把东西拉上来”。如此，通过副词性，我们得以看到，孩子没有选择。在纯粹的同时性上，他的挖是双重的，他的景是二元的，他的听是立体的。虽然听和听到的物理同时性在状语修饰词“当”和“如果”的句法中得到完美的反映，但在物体以及对它的感官之间还存在一种感知（和词汇）的区别：“如果我聆听：［我会发现］一个在调轨的火车头/和一匹疾奔的马”。句法和内容之间完美的同时性只有在形而上学的状语时刻才能得到实现，此刻思维思考的是它自身：“当我想/我原应再想一想”。

在《界标》里，希尼向自己解释了自己的智能。看到很多方面和自己一样的同胞热烈地分踞在或左或右的意识形态阵营里令他心生疑惑。此处的问题不光是一维意识形态的令人反感，也在于固执己见的站队本身就有种内在的可恶。任何时候，如果双方都各有正确之处（这实在是人类的常见情况），那么意识形态的固执己见就与想象力的同情以及道德的复杂大相径庭。希尼此处关心的不是在绝对的恶的问题上的站队，而是在类似乡村维护和工业现代化这样的矛盾上的站队。诗中提到的其他类似矛盾还包括省钱的道德（省钱是松鼠式的值得赞美的节俭还是拜金式的堕落？）、边境争端的解决、契约的设立，以及军事的冲突。尽管这些问题涉及的双方一般都能提出令人信服的人类观点，但是意识形态有种先于经验、不容对话的立场。被意识形态谴责为两面派的希尼不明白他为何倾向于用一种对冲突而言不可救药的双重观点对之做出回应，于是他部分出于异想天开地回忆起早年因为看见和听见，甚至挖掘的消遣而获得的双重教育。同样，他还认为人的童年困惑可能发源于儿童对父母支持的种种道德寓言的认知冲突，比如伊索寓言对松鼠的谨慎的赞美就与圣经中禁止储存邪恶金钱的训诫相冲突。

迄今为止，我讨论了状语从句如何在对立的刺激源之间实现它们的矛盾同时性。但在这样做的同时，我忘了回到希尼的内在断裂，这种断裂是他通过不能用状语修饰的第一人称宣示型的句子打开或合上状语框架造成的："我既是交界排水沟……/我……长大……/我左手放……/右手……最后一格令"。这种对状语的宣示型断裂制造了一种语法上的震撼，使希尼可以非常自然地借助于它。在《界标》的核心，挖到挖到的，看到看到的，听到听到的，想到想到的，这一切的时间同时性被一种空间同时性代替，即一条河既分割两个教区，又是自己的河岸，因为它同时受制于"两边所有权的局限之苦"。1985年希尼在与尼尔·考克南的谈话中说，"我对界限非常自觉"：

我家附近有条很老的排水渠，或者叫小河，名叫斯洛根渠。它是泰姆尼埃恩城和安娜荷拉什城的分界，这两个城分属两个堂区，贝拉基和新桥，这两个堂区又分属两个教区，德里和阿玛。德里在斯洛

> 根渠结束，阿玛从此开始。我总是在此处走来走去……我好像永远都有点流离失所。从一开始，就处于一种中间状态。
>
> （考克南，《谢默斯·希尼》，13）

这个边界排水渠有种空间上的对偶性，其同时性的指标有两个，一是连接水渠和渠岸的“和”字，一是动词进行时的标志“-ing”，它表示渠水因受到两岸的压力而持续感到痛苦，那是一种作为每种主张的“局限”所体验到的压力。渠水想要向左扩张，但被左派主张局限，它想向右扩张，又被右派主张局限。意识形态主张作为一种局限被体验，而非作为安慰或请求（虽然党派中人会将其描述为此）被体验，这是希尼仍在试图向自己解释的反应，因为渠岸也是他自己。他不仅是流动的渠水，被讨厌的大地的刻板所阻碍和制约；他还是家乡的土壤，既从左又从右焦急地制约着他（担心）自己可能太过灵活的流水。

希尼就这样借助居于核心的空间意象，将诗从时间的同时性上带离。居于核心的模式不是“当这个怎样，那个就会怎样”，而是“既是这个也是那个”：既是河也是岸，既是水桶A也是水桶B。为什么？因为“两个桶比一个桶更容易提”，这是在只提一个桶的实验后得出的实际回答。这不是必然论者所看见的或所想到的。那个一度在听见和看见的刺激下被动的孩子现在主动了，学会选择了。在下一个既/又的意象中，他成了一架人肉天平，他的左手等于左盘，上有一个标准砝码（公民传统），右手等于右盘，上有一个约定好了的谷物计量单位。这是象征意义上的正义之秤，它在不同类型的元素间做出公平判断。在这里，自然（谷物）和社会传统（标准砝码）在人类的公平之秤上获得同时性。最后这对既/又的空间同时性使年轻人认识到斗争的双方——神圣的和世俗的，即教会的堂区制和封建的郡长制——作为“归上帝的”和“归恺撒的”可以共存共在。

如果诗就停留在此处，那么这种代表精神与世俗的二元对立的“既/又”核心模式就会代替最初表示状语同时性的“当/然后”模式，我们就会看到先前“当/然后”成为童年被动感知的模式，而第二个“既/又”则成为成年人更为实际的伦理选择模式。它能实现公民正义，又能知觉世俗和精神的区别。但这一假设无法解释为何诗要回到最初的“当/然后”模式，迄今为止我们都把这一模式与童年相联：

当我站在中央那块踏脚石上

我是水流里马背上最后一个郡主
仍在谈判，在他同辈的听力范围内。

这个“当/然后”是全诗唯一一个在两个诗节间跨行连续的例子，它赋予同时性的不是功能及目的（看见一个东西），也不是大人的话及其对孩子的影响（比如钱是像巴比伦的金子一样闪光，还是像魔鬼之火一样通红，这要看哪个是父母最近发表的权威看法），而是孩子勇敢向渠水中间的那块踏脚石进发的独立行为，以及他同样独立的幻想历史的行为。这种想象力行为把他变成一个十七世纪的爱尔兰伯爵，他不愿和同伴一起逃跑，他仍愿留下来和敌人谈判。[①]

希尼的历史修正主义展现的不是通常认为的“伯爵出逃”——也就是最后一拨盖尔伯爵放弃与英格兰发生进一步的关系，收拾行囊，向着欧洲大陆进发的事——而是另一种情况。希尼的三心二意将会重写此情此景：他在中流，他是中流，他仍愿和入侵者谈判，而此时他的同伴——我们知道——也就是和他一样的贵族都已脱离谈判，调转马头，朝向了等待的船只。“仍在谈判”：这是缪斯给诗人——即使是刚开始写诗的诗人——唯一的命令。在历史幻想中，作为奥尼尔的这个男孩仍然感受着来自两种主张的局限。一种来自英国人，他们会与他合作，让他当伯爵，允许他保有土地。另一种来自那些出逃的伯爵，他们自英国征服以来就丧失了真正的政治主权，但是他们和他因为共同的语言、宗教和习俗捆绑在一起。他和英国人谈判，而此时，在这个未定的时刻，他的同伴则被诗安排在耳力所及的范围内，有可能听他谈判，也有可

① 1601年，在金塞，最后一个盖尔人伯爵、第二任泰隆伯爵休·奥尼尔情败给英国人。他曾在伊丽莎白和詹姆士治下成功地与蒙特乔伊爵爷谈判，保住了自治。但在1607年，作为这一事件的结尾，他决定（用罗伊·福斯特的话说）“减少损失，和第一任蒂尔康奈伯爵罗伊·奥唐纳一起离开爱尔兰”。从此“伯爵出逃”在爱尔兰史上成为神话，成为盖尔人统治下爱尔兰的崩溃的决定性象征。见罗伊·福斯特，《现代爱尔兰，1600—1972》（伦敦：企鹅出版社，1988），44。

能不听。在全诗最后一个也是决定性的一个状语同时性里，中流和谈判果断汇合，暗示诗歌的当代“谈判”与先验的意识形态站队的虚言伪词不同，它只可能源于一个这样的人，这个人从童年起就习惯站在感知与道德现实所形成的对立的中间地带。

迄今为止，我所描绘和考察的诸多风格——名词、形容词、动词和副词——仅是希尼天赋的一个小小展示。他能给不同诗歌赋予截然不同的语法质地，每种质地都能实现一种连贯的情感和思维组合。没有一个同代诗人能对词性——当其发挥各自的句法功能时——的认知和道德含义有如此精致的感觉。这种感觉部分来源于希尼对英语、拉丁语和爱尔兰语训练有素的知识，这三种语言的语法质地和句法质地因彼此不同而格外锋利，从而能被明显感知出来。从一种语法质地转移至另一种语法质地是一个打破自身风格的方法。和霍普金斯有氧跃进至跳韵相比，它无疑不那么剧烈；和希尼本人在《无论你说什么都什么也别说》以及《斯泰逊岛》中强力迸发至通俗语言相比，也不那么剧烈。但是于我而言，从名词性到形容词性、从动词性到副词性的转变却无比令人激动，具有核心意义，因为它能使隐含意义完美起来。一首诗如果说“我用动词写成”，那它就能说很多东西。正如《田间耕作》(IV) 所说：“我终于找到了一种我能相信、参与、使之神圣并报告为好的行为”。用形容词写成的诗，如《格劳巴勒男子》说：“为了说明这种现象到底是什么，我在不断塑造，我希望将其复活为动词的存在，我渴望对其进行描绘，我需要使其风格化。我能成功吗?”用副词写的诗说:“它们一起发生了，这些事。为什么？同时性是什么？是一种因果形式？是必要形式？是情感反应的形式？是实际理性的形式？是想象力，抑或是性情或者幻想的形式？那种持续一生的感知同时性如何与对先验判断的厌恶结合起来?”最后，让我们回到关于寂静海港的那首诗。借用浮士德对转瞬即逝的那一刻发出的感叹，这首名词诗说:“停留一会吧，你是如此之美。”它在十二行的长度里一直泰然自若地停留在语言的记忆方块中：说无处不在，说均衡，说盈溢。名词诗是赞美诗，是呼唤，赞美那对回忆中的感觉的陶醉，呼唤人类去歌颂那来自抒情的鸟蛤宣礼塔中的记忆的预兆。

停在此处的抒情调子上可能是个错误。我还应该补充一句：只有希尼罕见的抒情深度和语言自觉才能打造出我所讨论的这些诗的精致的风格化，其他很多手法同样巧妙的诗也是如此。希尼的诗展示出一种卓越的力量，它不仅能用私人感情，也能用公共痛苦感动读者，给读者以深刻印象。我之所以一心想在一种类似基因编码的水平上对其进行考察，并非是想减损其观点的紧急和巨大，而是因为这种精密调试的编码使这种紧急变成了艺术。没有这种编码，希尼诗作为信息的急迫性将会动摇。于我而言，这些诗是当代最强的证言，它们证明：劝说性的语言艺术需要依赖一种高度锻造的语言和形式含义，并需要与情感和信念紧密结合。

乔丽·格雷厄姆：过分时刻

打破风格可以出现在最大规模上，比如霍普金斯发明了一种新节奏，以区分其晚期诗作和早期诗作；或者也可以出现在单独一首诗内，比如希尼。希尼在面对格劳巴勒男子时的困惑召唤形容词风格，而他在“荒凉海港的寂静”中回忆起预兆的恍惚时刻又要求一种名词风格。尽管如霍氏般大规模的风格打破几乎不会被读者和评论家所忽略，但如希尼式的每首诗之间小的风格打破却经常不获注意，对诗歌主题的语法形式的核心剖析也得不到评述。如果对一首诗的批评剥夺了其物质实体（由节奏、语法、分行或类似特点组成），则诗将只作为一堆想法存在，而失去其物质的——因此也就是审美的——显著特点。

对乔丽·格雷厄姆的作品而言，我想以诗行为单位考察。历史上，分行是区分散文和诗的典型单位，它是诗歌发声的气息单位最敏感的计量标准。行最短时可以只有一个字，卡明斯和贝里曼甚至还会以一个音节或一个字母为一行。最长时则可换行，或用另一个办法，即在右侧空白处悬挂一个霍普全斯叫做“短途骑马外出”的短行。当一个诗人不再写短行而开始写长行时，这种变化就叫打破风格，其含义比其他任何打破风格的含义都几乎更加重大。乔丽·格雷厄姆开始时是个写短行短诗的作者，其诗行有种无比诱惑的犹豫节奏，以至于再次吟诵时，心几乎都要找个新的方法跳动。然后，几乎是以潮汐般的能量爆发，她开始发表长行长诗，长得过分，长到纸页几乎盛不下。济慈说，“诗应以精妙的过分令人惊讶”（《书信集》，I，238），而这精妙的过分的一种形式就是长行。史蒂文斯也在《一个哭泣的市民》中说：“连续的过分可治愈忧伤”（《诗集》，61）。而对这世上的忧伤而言，有一种治疗方法就是长行所表现的那种独立、刺激、令人精神振奋的过分发声。格雷厄姆从短行到长行的风格打破邀请我们思考她的行动所包含的这些和其他一些可能的内涵。

在我谈论格雷厄姆的长行之前，大约还可说说现代诗歌中长行的普遍存在。长行主要有两个古典来源：一是史诗的六音步，二是希腊的酒神歌。前者代表英雄行为，后者代表狂喜表达。当霍普金斯将《德意志号的沉没》比作古希腊抒情诗人品达式的颂歌时，他是想要在十八世纪的尝试之外改造这种狂喜、不规则的形式。但是正如我们所见到的那样，霍氏主要是在十四行诗中把常规的英语诗行推向了它最长的长度，而这既是因为刻苦，也是因为狂喜。在生命末期，他写了：

我的呐喊声起伏，羊群般长；在农场上蜷缩拥挤，一
　种主要的
痛，世界的悲哀；在古老的锻砧上抽搐和歌唱——
然后平息，然后停止。

（《诗作》，182）

他的几首六步十四行诗有时会添加“短途骑马外出”，甚至尾声。最后，《从西比尔的树叶中拼出》的八步诗行达到了他的气息极限。正如我们所见到的那样，霍氏用长行有几种方式，或作为一种异质性的容器，但可达到英雄史诗的高度：“这个杰克，玩笑，可怜的瓦片，|碎片，碎屑，不朽的钻石，/是不朽的钻石”（198）。更有趣的是，霍氏甚至会用一系列由半音阶词构成的长行悄然向目标逼近，其中每个半音都会以几乎不可察觉的半步狂喜地融入下一个半音：“真诚、非凡、平等、可调音、|似穹庐、浩瀚……惊人的/傍晚竭力想成为时间巨大的|万物的子宫，万物的家园，万物的灵柩夜晚”（190）。

和霍普金斯一样，惠特曼发现长行作为异质性的容器非常有用，但他也用长行象征智识和猜测的困难。他还从圣经和麦克弗森的《奥西安》中演化出了自由诗行，成了美国自由诗行的创建人。长行希伯来式的并列形式很适合惠特曼，有利于他对旧事物做出持续不断的摒弃，对新事物做出持续不断的拥抱：“我不想奉献光滑的老奖，但我想捧出粗糙的新

奖”（《草叶集》，155）。他还用长行表示猜测的自发性，以及一种随时准备要自我纠正的意愿，正如《有关表象的可怕怀疑》一诗中有一行是这样说表象的：

> 从我当前的视角看，它们可能只是看起来像它们的真实模样而已（它们无疑确实是用看的），而当视角完全转换，它们又可能并非是它们看起来的模样，它们当然是可以这么变化的。
>
> (120)

尽管有霍普金斯和惠特曼的长行为例，但英语诗行在不受干扰的情况下，仍会固执地倾向于回到它更为常规的四步或五步上来。除非诗人多加了点特殊的注意，或缩短行长，像希尼在《北方》中为寻找一种更为“爱尔兰”的音乐而特意为之的那样，或拉长行长，像史蒂文斯在一首名为《可能之物的序言》的诗中一样，这首诗表现了一种奥德赛式的连续：

> 他属于他的船向着遥远的异国的启航，他也是这启航的一部分，
> 他是船头火镜的一部分，那是船的象征，不管象征着什么，
> 他是玻璃一样船舷的一部分，船靠它滑过被盐玷污

的海面，
当他独自旅行，像一个被一个毫无意义的音节引诱
向前的人。

（《诗选》，516）

霍普金斯、惠特曼和史蒂文斯为何不顾规定，不顾历史习惯，还可以说几乎不顾自然，硬要拉长英语诗行的长度呢？对其原因我本可说得更多，但我现在只想谈谈格雷厄姆，问她为何也有了这种压力，以至于要把她的近作写得爬满纸页，令我们吃惊，令我们担忧，虽然我们同时也被其表现出的紧迫、努力和力量吸引。

格雷厄姆在诗中最早为自己选定的身体是一具首先代表故意的身体。借用她在最近一首多为《繁盛》（来自《唯物主义》一书）的诗中使用的一个有机比喻，我们不妨把这种故意看成一棵植物。它慢慢向上生长，先是抽出一片叶子，再在植株另一侧的对称位置抽出另一片叶子，然后再爬高一点，长出一条嫩枝，然后再使这条嫩枝长成一根柔条。格雷厄姆最初两本诗集中的狭窄诗歌按对歌的线条生长，第一行向左顶头，第二行缩行，第三行又向左顶头，第四行缩行，以此类推。用一个不同的比喻来说，她的诗如同渐增的认知在纸页上逐级而下，经常是两音步后跟随单音步，如此为读者制造出一组台阶。以下是我从她的第二本诗集《蚀》（1983）中选取的《热风》的局部：

在他窗外
　　你能听到非洲热风
影响着
　　那看不见的事物
常青藤的每片干叶
　　都被它抚摸，

再次抚摸。谁是
　　这世界
那紧张的灵魂
　　必须一遍遍复习
它早就知道的东西，
　　是什么

这么又热又干
　　正在洞穿我们，
通过我们
　　寻求它的答案？

(8—9)

这样的诗行有很多威廉姆斯的影响，从中可以看出年轻的诗人正在逐渐把握通向世界的进路。《蚀》是格雷厄姆二十多岁至三十出头时写的诗，大多以这种阶梯状的短行写成。它们代表诗人有时叫作蚀、有时叫作解剖的那个过程。在此过程中，有什么东西被一点点碾压成灰了，或者有什么东西被一层层打开，让人看见了。

格雷厄姆有首悲惨的诗名叫《卢卡·西尼奥雷利使身体复活》，它提出的核心问题"真实有多远？"可以为这个一步步探索世界的过程辩护。画家西尼奥雷利的儿子死了，画家悲痛难抑，解剖了尸体：

……他刻得
　　　　更深，
慢慢
　　　　从象征

过渡到美丽。真实
　　　　有多远？
……
……带着美和关心
　　　　和技艺
和判断，［他］刻进
　　　　阴影，刻进
骨头和肌腱以及每个
　　　　窝

在那里冷光

　　　　聚集。
他花了很多天
　　　　那深刻的
抚摸，切割，
　　　　开解，

直到他的头脑
　　　　能爬进
那开放的肉体并
　　　　修补它自己。

(76—77)

可以说，这种娴熟、稳定、毫不畏缩的短行写作代表了一种对头脑的耐心力量的信仰，它以六行一节的规则形式把诗行一组组分发出来。它对物质阻力是刻意尊重的，并暗示在对各种解剖刀精确、探索性的使用中，头脑必须遵从“美和关心/和技艺/和判断”。“真实有多远”的问题并未得到回答，但是诗人的责任是把象征经由美带入真实却是毫无疑问的。

在《蚀》接近结尾处，格雷厄姆收录了一首名为《上升气流》的令人不安的诗。这首诗的题目本身就暴露了一种力量，它和那些重大、递增和规整的过程截然相反，不管这些过程是像蚀一样自然，还是像解剖一样智性，这两者都曾是格雷厄姆倚重的形式。她诗中的上升气流，或曰对流气流，以不规则的动荡诗行使大气上下颠倒：

……所有花朵都被一阵狂风突然吹落，一阵
上升气流——灰尘和丝绸的

马赛克
我们都借此上升，旋转，所有人
都自由。

(70)

《上升气流》记载的运动把意义消解为无意义。诗人现在不信任形式的关闭，她请求一个像上帝一样的人物让夏娃、造物之母、已成形的世界的象征退回到未被创造的状态：

……所以让她脱下
她沉重的衣装，让她退回到
肋骨中，退回到你的梦中，你的
孤单中，退回，深深退回到赤裸……

(71)

脱衣存在于“针在你的指间翻飞前，意义”。于是诗人渴望的脱衣正是克里斯蒂娃叫做 chora 的东西，这是一个柏拉图词汇，意思是语言的前象征矩阵/模型，那时的节奏、音节和记号还未合并为符号和意义。但是因为我们无法回到 chora，因此我们只能在反抗关闭的过程中前行，通过熵进入随意和不定形。

因此，这一漫长的线条首先由格雷厄姆发起，作为死亡、解体和无意义的形式对等。此刻在她的写作中，它和形状优美的有机形式的劝说相对，和智识的明白易懂相对，后者是仔细的审慎调查的结果。格雷厄姆在《上升气流》中说，“血把自己涂抹到脑子上”，痛苦的身体扭曲了求索的精神，这场身心斗争持续出现在格雷厄姆所有的后来作品中。

《蚀》后的那本诗集毫不妥协地取名为《美的终结》(1987)，此书标志着格雷厄姆和短行抒情诗的决绝。虽然先前那种调查式的对歌又出现了一两次，比如在《末世祈祷》和《禁止接触》中，但此书一个突出的变化是反抗形状优美的关闭的智识结局和形式结局。此时的诗人心中有种对不确定性和不可预见性的赞同，一首名为《晕眩》的长行诗表达了这种赞同。这是一种当人抛弃了那种先入为主的旧思维，转而拥抱悬崖外的新事物散发的那种未知的吸引力时感受到的晕眩：

她探身出去。是什么这么吸引人，她好奇，
是什么？它没有形状，只有视角？
它不能跑来拥抱我们？
噢它有活力，她想，这种空虚，这种摄取就在

故事

开始前，脑子努力想要抓紧

抓紧，脑子觉得它像一个病这种想要

抓，抓住，开始，脑子爬出去爬到悬崖边

好像第一次感到身体——它是如何跟不上，爱不了。

（《美的终结》，67）

当头脑爬出去爬到感知的悬崖边缘，那令人晕眩的扩展迫使格雷厄姆写出她的长行，以及那种好似“跑马外出”的短行，也就是接续前一行、置于右侧的小短行。格雷厄姆将无限向右的水平伸展与偶尔置于右侧的垂直悬挂结合，不仅拒绝了头脑循序渐进、向上前进的模式，也拒绝了探索式的从美到真的向内渗透模式。她重新定义人类诗歌的目的为一种世俗的、面向大地的横向搜索，甚至可以达到哥伦布航海的史诗维度，而非像西尼奥雷利一样向下垂直做深度降落，或者像在《上升气流》中那样向上升至祈祷。世俗欲望是格雷厄姆水平长行寓意的对象，而欲望又总是不断延伸自己，想要跨越一个它其实并不想跨越的鸿沟。在这个欲望的搜索中，头脑总能跑赢身体。欲望的继续造成线性的继续，这意味着形状的缺失——而非意义的消解和死亡——现在才代表生命本身。

在《波洛克与画布》一诗中，格雷厄姆想要找到一种非超越的垂直，以便与她的水平世俗“欲望”相称。在此过程中，她为这条线找了一个比喻，即那个位于艺术家的身体和铺在地上的画布间的颜料的滴答流淌。从画笔上滴答坠落的颜料的线条像是毫不费力甩入水中的钓鱼线一样，它倾泻而下，不像《奥德赛》史诗般覆盖大片距离，向着地平线探索进发。相反，它是狂喜的，生活在可能中：

17

线被甩出线无形状在它落下不死前

18

说：好生活是可能的，仍在嘶叫仍未安置，

19

在它落下前，没有形状，没有后代，或形成那鲜亮的
　果实［。］

(84—85)

此时此刻，“被甩出”的垂直长行纯粹是处于中间状态、未被安置、皆有可能、“无形”以及伦理上还未决定的。它还没有把自己与形状、结局和决定绑定，还没有采摘堕落的苹果。

写中间状态的诗，写悬浮诗是格雷厄姆在《美的终结》中主要的智识和情感投注。为达此目的，她在很多诗中都延迟关闭的到来，方法就是通过一系列不断迫近的渐近姿态。她给每个姿态都编了号，每个姿态都以微小的程度不断把情节推向前进。她的这种长行模式像极了电影里的定格，后者把电影里的动作序列划分成非常短的“镜头”或元素，像芝诺的箭一样。[①]为了把每个元素放到制动时间内，格雷厄姆尝试把定格按顺序编号，以便数字那陌生的外表能在纸上把一个诗行或多个诗行所表达的每个感知原子都凸显出来。

这个把数字和每个感知包都联系起来的实验只在《美的终结》的二十六首诗中尝试了六首，但这六首都是双人自画像，凝聚了全书的力量：

《他们之间的姿势的自画像》

《双方的自画像》

《阿波罗和达芙妮的自画像》

《匆忙和延迟的自画像》

《德墨特尔和珀尔塞福涅[②]的自画像》

《波洛克与画布》

---

① 芝诺是公元前五世纪古希腊哲学家，他提出四大诡辩问题，“箭”是其中之一。意思是说在任一时刻，箭总是占据与其等长的空间，因此在那一刻箭是不动的。因为在任一时刻箭总是不动，所以从头到尾，箭总是不动。——译注

② 希腊神话中的一对母女。德墨特尔是执掌农业、丰收和家庭的女神，她的女儿珀尔塞福涅被冥王劫至地府做了王后，德墨特尔求众神之主宙斯干预，冥王于是做出妥协，答应每年放珀尔塞福涅回归人间八个月，其余四个月留在冥府，于是人间有了四季。——译注

这些诗在数字之外还有一种集体重要性。我们必须问：这种停顿有力的编号长行为何会在自画像中占据如此重要的地位？其中《波洛克与画布》尽管名字不叫自画像，实际也算一个。

作为一种视觉体裁，自画像总是依赖于某种镜子策略，以便画家能描绘出一个通常为他/她的个人视觉所不及的对象：他/她自己的脸。虽然不是所有自画像都展示那面必须有的镜子，但是即使那些不展示镜子的自画像也会使观者想到画这样一幅画的困难。有些自画像，如弗米尔①笔下画室中画家的自画像就省去了画家的脸，而用一顶黑帽代替了那个深不可测的后景，代表画家那虽然必要却被压抑了的主体性，这种主体性在每张画作中都扮演了角色，不管这扮演多么“客观”。阿什伯利提醒我们，帕米加尼诺②用凸透镜中的影像画自己，以便强调任何自我表现的策略都会造成不可避免的扭曲。

格雷厄姆如何面对她自己笔下双人自画像的复杂策略？最明显的答案就在于这个编号结构。它说：“挑个定格时刻看看你自己吧；然后写下来。再看，再写。再看第三遍，再写。”在笔接替眼的过程中，意识也在交替，不加隐藏。不仅不加隐藏，还被一个数字接一个数字地写在纸上。通过俄国形式主义者所谓的“袒露技巧”，格雷厄姆的自画像预防读

---

① 十七世纪荷兰画家，善画市民阶级的室内生活。——译注

② 十六世纪意大利风格主义画家和版画家，其画作以形象的拉长著称。他有一幅作品名为《凸透镜中的自画像》。——译注

者——或诗人本人——太轻易地滑入内省，而忽视艺术的再现。

但是前缀式的数字如何关系到格雷厄姆的长行？正如我已经说过的那样，传统观点将诗行与气息联系起来。的确，关于诗歌的物质基础的很多理论将气息的吐纳作为诗歌的衡量标准。呼吸的生理法则使自然气息基本对等：吸气、呼气，再吸气、再呼气，而对等呼吸是规则、整齐和连续的诗行的基础。可是视觉没有这样对等的节奏：它可以随意延长，还可以停下来供检查，供思考，或者被时不时打断。在我看来，是凝视而非呼吸才是格雷厄姆编号诗的基本标准。通过选择凝视而非呼吸，格雷厄姆重新定义了发声。它成了对凝视的追踪，那是一个原子感知接一个原子感知、一束接一束的追踪。在格雷厄姆的近作中，对感知的变化莫测的信任代替了她早期诗作对呼吸和真理的信任，其中呼吸由生理控制，真理则由那种凡事自有天定的目的论控制。既然感知的巅峰也必然是某一时刻的巅峰，那么格雷厄姆既对（编了号的）打断式的停顿感兴趣，又对有意义的感知感兴趣。她把停顿的分隔本身当成一种善，这点在《波洛克与画布》中表现得最为明显。这首诗是《美的终结》一书对定格结构所做的最有趣的实验。

《波洛克与画布》分三部分，每部分都用罗马数字编号，但是只有第二部分给诗行编了阿拉伯数字的号。第一部分用过去时写成，是对波洛克“滴答”画法的概念总结，还把他与艾略特《荒原》中那个受伤的国王以及帕西法传奇联系起来。[①]这是一个命悬于生死之间的国王，他活着但不能给予生命，受了伤可又没有死。当波洛克俯身于画布之上时，他拒绝让笔尖接触画布。他的一个提问总结了国王的这种中间状态：“告诉我什么才能使/身体复活？”（《美的终结》，82）他虽擅长赋予形状，却决定让他的画布免于最终的正式形状，因为那将等于死亡（“他的画笔能在空白处/制造形状，但是拒绝”）。

且让我暂时略过第二部分，看看诗是如何结尾的。《波洛克与画布》的第一部分对终极形状的确定性的恐惧在第三部分中得到了回答，因为第三部分展望了一种摆脱正式形状的方法。那种正式形状（美、爱、比喻）一旦被施于画布之上，就会永久沉淀于某一点生活，并决定那点生活。唯一摆脱正式形状的完结性的方法是将概率纳入其中。格雷厄姆将这种概率比喻为上帝造好世界后的休息，因为此时那条意想不到的蛇正可以溜进天堂：

---

① 所谓“受伤的国王”也叫残王、渔王，他是圣杯的掌管者。圣杯指最后的晚餐中耶稣拿来盛红葡萄酒（象征耶稣的血）给门徒喝下的那个杯子，因此具有神奇的功能，能给人带来幸福、丰饶以及青春永驻。在诸多有关渔王的传说和故事中，渔王是一副股部受伤、不能站立的样子，平日里只在河中泛舟垂钓，期待能遇到回答上他问题因此能治愈他的骑士。帕西法是亚瑟王圆桌骑士之一，以寻找圣杯著称。在故事的一个版本中，他先是邂逅渔王，看到圣杯，却回答不上问题，因此错过机会。他后来意识到了自己的问题，发誓找回圣杯。——译注

然后他休息，此时方是真正的
创造
开始的时刻——就是此时——然后他休息放
进机会放进
疾如分秒的任何风任何阴影，还有异想，
通过光，让蛇扭身
溜进。

(87)

格雷厄姆的结论是，那些偶然的、掷骰子一般的、还未成真的东西最终都会成为上帝创世的一部分，哪怕上帝没有这个意图：

……然后还未成真的东西
溜进来
成了真，
难道不是吗？

溜进来的东西是济慈式“精妙的过分”的一部分，这些东西是对计划内的“补充”，因此不管诗行里有什么东西看起来武断随意、不在计划内、随机增加，都能在其中找到形式上的对等，似乎诗行就该如此扩充，好把这些东西都包括进来。

诚然，长行存在于《波洛克与画布》中，不仅存在于第一部分安福塔斯[①]的暂停中，也存在于第三部分耶和华的概率中。但在《美的终结》全书中，“长行”这一物种的精华所在要属《波洛克与画布》的第二部分，因为我所谓的“精华”是指长行被长长的数字编号所造成的停顿打断。虽然身处其中的波洛克无法完全避免时间将他向前拉拽，但他通过在每个凝视间插入一个停顿，使之代表狂喜的存在，从而尽量使时间空间化：

第二部分

1

这就是那个湖，开放的湖，他觉得今天可以到此为
　止了；钓鱼。

2

湖，中段的乐曲，女人的肉体，幻

3

这是沉下去之前的钩，在它深深沉入水流之前［。］

(82—83)

① 圣杯骑士的首领。——译注

这部分诗意味深长，描写空间、中间状态、转世、幻象以及暂停，直接点出长行和长停顿所构成的双重过分对格雷厄姆的意义：那是一种表现经验自我大肆扩张的方法，它先于分析，也先于对其他情况的依赖。这种情况与浪漫主义有着密切关系，但是格雷厄姆不想为了让灵魂活着而让身体睡着。相反，与华兹华斯相反，她几乎是想让头脑睡着而让身体鲜活。她的“幻”不通向华兹华斯式的超验。相反，在拉长的感觉幻象中，她接受那幸福的停顿。这就叫过分，用史蒂文斯的话说，是对痛苦的治愈。在“造物主与造物之间”(83)发生的这个幻的化身是史蒂文斯式“夏天的信用”的时刻，是没有时间进出的人类存在的时刻。吊诡的是，代表这一时刻的反而是“恩典中/8/最暴力的那种，全是伤口，全是描写”。恩典是那个代表永恒过程的缪斯，她代替了那个代表产品的缪斯，后者对格雷厄姆而言是居间调停、探究、成形。

代表过程中的存在的格雷厄姆的长行在《美的终结》之后，又延续到了《不可能之地》(1991)。但在后来这本更具自传性的诗集中，诗行丢弃了它先前的伴侣，那曾经代表停顿中的存在的编号的空间。凝视变成了自传性的单人自画像，代替了有神话起源的双人自画像，叙述情节也代替了成束的感知量子。不过此处我不想多谈《不可能之地》，我想谈的是格雷厄姆的新作《唯物主义》(1993)，因为她在其中结合了长行与长句，后者明显是前者的终极叙事伴侣。既然水平长行在空间上向地平线延伸，本身在形式上就已费力，再和长句（时间复杂性和概念复杂性的传统对应物）结合，等于在水平的长坐标轴外增加一个垂直的长坐标轴，越发显示出史诗般的沉重。早在《蚀》中，格雷厄姆就已经对长句进行了有效利用，但那时长句还是以短行的形式倾泻纸面。后来在《美的终结》中，诗行较《蚀》长，但长句常和短句间杂，从而减轻了悬挂的费力。再后来在《唯物主义》中，水平和垂直的行长都被拉伸到了极限，使得诗形看来如平面，词句覆盖存在，使存在空间化。如果借用阿什伯利一首同名诗的措辞，则诗的形状成了一面“柏油帆布”。

全面覆盖是格雷厄姆自使用长行以来就一直想要达到的终极效果。这种平面效果与其他文学结构（史诗型的明喻、弥尔顿式的诗段、惠特曼式的目录、摩尔式的百科全书页面）好有一比，因为以上这些文学结构都代表了格雷厄姆所谓的“统一场域之梦”，这也是《唯物主义》一书中一首诗的标题。在这个格雷厄姆版本的梦中，不管一个人选择把什么样的中心作为起源，全世界都将从此外推。史蒂文斯在《拿蓝色吉他的男子》中构想了这种效果，蓝色吉他的拨弦声是“暴风雨发生的理由”，它容纳整场风暴，同时给暴风雨以焦点，使人明白这场暴风雨：

我知道我懒散、铅沉的弹拨
就像暴风雨发生的理由；

但它带来了暴风雨的结果。

我将它铮铮奏出并扔在那里。

（《诗集》，169）

相比史蒂文斯轻快的暴风雨，我们可以将格雷厄姆《唯物主义》中包裹一切的暴风雨与之并列：

暴风雨：我闭上眼，
站立其中，想让它成为我的。
……占有
紧抓形式，
荒凉被带入我的空地深处，
从夜的分泌中，
现出四肢、肩膀、脖颈、脸、白色的——
现在云来了（不要抬头看），
现在时代在云后，极高的天际，
都在那儿了，躺倒，闭眼，巨大的，
无数个世纪的长和宽，
在它的下面，几乎不相连但还是相连，
像一个跑步的人，我的身体，我极小一点的
世纪——分秒过去，房屋过去——极高的天际——
被这些脚步固定，现在和现在，
脚步声——现在和现在——携带它巨大
白色睡着的地理——画好了地图的——

不是租赁——占有。

（《唯物主义》，85—86）

格雷厄姆将人类惯有的这种想从审美上占据所有时空（极高的天际、又长又宽的世纪）的欲望与哥伦布想要占有新世界的欲望作比。两项事业傲慢的可疑性与其精神上的野心相悖。格雷厄姆认为，这样的事业对有头脑、有欲望的生物而言是本能的和不可避免的。人类的欲望向往形而上学和智识获得，就像它向往物质获得一样。最大限度地启发并惊骇了格雷厄姆这些野心勃勃的新诗的，正是这种智识和欲望的无穷主张。

头脑的欲望和世界的无穷刺激，造成了格雷厄姆水平长行的过分，而这些水平长行又造成了她的垂直长句。任何诗的念头都开始在格雷厄姆身上产生一种审美大爆炸，造成令人晕眩的感知扩张和概念距离的倒退。我们可以在最近未发表的一首新诗《转向》中窥其端倪。这首诗写的是一个意大利山城的黎明，它以几个简短的连续观察开头（此处不再引用），每个观察都被写成了一个短句，然后停止。什么都无法插翅起飞。诗人在所有这些扩展的观察中都感受不到其中包含的异质性、同时性、半音变化、自发性以及自我纠正。最后，每个观察之所以失败的原因找到了，或者在世界及其观察者之间存在一场战争，阻止了他们的相互渗透；或者他们彼此漠不关心，成了两条互不相交的平行线：

有一场战争。
两条不会相交的平行线成了
一堵墙。

尽管不断尝试，但是欲望中的柏油帆布、平面、正方形、上升气流、被扔下的布都还未找到。直到内心情感和外部观察开始融合，以及诗人的身体在运动知觉的意义上变成世界的流动身体的一种形式，世界才会重新被语言创造。诗人宣示了她的信条，太阳必须首先在她心中升起，才能在她的诗行间升起；它还必须首先在她的诗行间升起，才能为她的读者升起：

太阳转动，因为我们在墙里
转动。

墙是诗人新的感知白纸。起初当她观察黎明时，在她的头脑之“墙”上别无它物，除了史蒂文斯在《通向至高虚构的笔记》一诗结尾处对自己的命令。此处史蒂文斯向大地致词，说诗要“我为你命名”：

胖女孩，地球，我的夏天，我的夜，
我是如何发现你的不同，看见你在那儿
在一个移动的轮廓里，那是一个还未完成的变化？

……这个未被刺激的激情要求

我为你直接命名，不要浪费词句，

阻止你的躲闪，让你坚持你自己。

……你

变成脚步轻柔的幽灵，非理性的

扭曲。

（《诗集》，406）

当她回忆起史蒂文斯的命令时，“长着幽灵般双眼的”格雷厄姆必须命名这个“脚步轻柔的幽灵”，即这个在意大利清晨出现的地球。但她现在要如何表达这个平面、布、柏油帆布，这个将要覆盖无限敞开的现实的地球，而又不使其僵硬，变成无生命之物?

就在此时，一个始料未及的意外事件发生了。一只鸟飞了起来，而诗人发现她竟能和鸟同时起飞，把鸟、灵魂、光、教堂钟声、麻雀群还有人都纳入一个几乎不会终结的长句，并且发出不受阻止的声音，构造出诗的第二部分。以下引文从“明亮的白色和黄水晶色”开始，到“我低头看向邻居的花园”结束:

……明亮的白色和黄水晶色

闪烁，

层层叠叠，最吵闹的

　　　　不可见的

　　　　音节

坚持（没有离开也没有回来）它们不断修改的

（昨天我看见男人们在脚手架上给砖嵌凸缝）

唯一讲义，关于什么事

最重要：太阳：现在教堂钟声惊起

　　　　　　　　　　　　三三两两的

　　　　　　　　　　　　鸟群

在

　　　　　　颗粒、

分叉、突然刺耳的

　　　　声波中

　　　　（虽然听不见）

制造窸窸窣窣，上上下下的巨大区别，

　　　　　　　　　　　　翅膀一同升空时

吞下沉默——然后是另一个（破译不出的）新的沉默

此时不用翅膀，鸟群一致

漂浮——

　　　　我在墙上看到

一声信息飞进来（好似大声地）——明亮映衬下的

　　　　　　　　　　黑色弹片——

一把把扔出（好似飞溅出去）然后飞来时奇异地

　变大

　　　　　　　　　　　　（现在还在快速上升）

——一茎沉默突然开花
当它从墙上消失时——（转身，整群
                                    鸟
转身）凝结的听觉成块脱落，所有翅膀现在都张开
                                    打破
泵出——水气渐强的不可闻——
最深处的声音沙沙，因为那长着爪子、脖子和翅
  膀的
破译不出（一个先驱）——整群鸟现在升至最高，
  然后
转身在整面墙上写下最长的版本，
教堂钟声已经开始停止
一个名字被喊出（但是低沉，在底下罗马门
                                    附近）一辆
汽车在那里呼哧作响
——（光现在最亮，几乎是
真正的早晨了）——
这些墙这些街它们中的光和影
事物的咽喉——鸟在屋顶重新集结
在咕咕声切分音的波动中，它们落下……
我低头看向邻居的花园。

为了维持自身，长行和包括短行在内的长句要靠几种语法的延长技巧才能实现，如现在分词、同位语、形容词性的关系从

句和副词性的关系从句、插入语、冒号、表示添加的连词（如“和”）、否定、比较（“仿佛”）、同时（“也”）、接连（“然后”“就在……以前”）、重复（“现在……现在”）、修饰、名词的同时性（“这些墙这些街它们中的光和影/事物的咽喉”）。

当然，只有在事实之后，我们才能命名这些用来增强句子的感知锋芒的语法手段。用富有想象力的话来说，我们对这个洒落纸页的漫长的词语瀑布的抻长了的吸收过程，实际是在参与使太阳升起、使鸟儿苏醒、使教堂钟声敲响的过程。随着城市的夜晚变成白天，这样一个史诗般的句子就成了“要有光”的人类时刻——于是也就成了非常费力的时刻。它不可能有神照亮混沌般的精确和不费力，因为它是由一具能感知、能集中注意力的人类身体创造出来的，这具身体努力想要在一种内化的肉体和精神的格式塔内理解一个时刻。而且这具人类身体在审美的词语中复制自己，而非以一种直接的模仿来复制外部世界。诗人只能用微弱的人眼和更加微弱的人类意志代替形而上学的神圣意志和智识的神圣言语，人类必须无比集中注意力才能把光的“最吵闹的/不可见”以及“水气渐强的不可闻”——鸟群沉默的集结——翻译成内在动能的感官反应。诗人必须首先把这些翻译成她对外在刺激的个人内在物理模仿的意识，然后再把这种内在的动觉模仿翻译成可见可闻的英语符号，而英语是一种对表达有着自己的内在制约的语言。语言的表意秩序接替感知秩序和动觉秩序，在诗中“一个名字被喊出”的时刻得到了再现。每首真正的诗，如同马拉美所说，都希望成为“一个名字”，一个复杂、不可分割、对其时刻而言恰如其分、不可替代的语言单元。当诗人把沉默的、非语言的、非命题性的东西从感知含义提升至动觉含义，再提升至符号和节奏的含义，那么一种形式的痛苦——那种看到一天过去了，却没有将其登记和记录的痛苦——就被终结了。

在将黎明变成词句的史诗般同时也是狂喜的努力后，诗人陷入休息，但这一时刻几乎短得令人痛苦：“我低头看向邻居的花园”。诗人提醒自己，还有东西没听到，比如花瓣的坠落，也还有东西是她的译写所没能涵盖的，比如那个核心长句中没能包含的松树：

如果我能在恰好的时候听到花瓣
　　　　　　　　　　　　从支撑它的柱头上
　　　　　　　　　　坠落
会如何?
如果我能在恰好的地方听到某事突然完备
　　　　　　　　　　会如何?
墙边那棵如牵线木偶般的松树——但是还是，
　　　　　　　　　没用。
现在该谁了？谁?

诗人波动的心中开始酝酿一个新句子：她已经“完成”了一小点早晨，那从黑暗到光明、从宿巢的鸟到群起飞出、从静默到教堂钟响、从睡眠到一个名字的喊出的变化，但是“现在该谁了？谁？”

沉默和命名的交替节奏在格雷厄姆的作品中越来越令人感到痛苦，如果只是因为此刻是她追求抒情的时刻，此刻每首诗都要求她不要有任何遗漏。这是所有严肃的艺术家最终都会面临的要求。金斯伯格在《迦底什》[①]（又译《祈祷》）中就曾问道：“哦母亲，我把什么遗漏了？哦母亲，我把什么忘记了？”同样，所有读者也都会暗中面临这个要求。他们测试长抒情诗的手段是问这样一个问题：“通过观察、思考、修饰和结论，这里应该包含什么？又遗漏了哪些伤害了诗的东西？”即使是短诗想要写好，也得说服我们它是完整的。短诗能完整靠的是一种狄金森式的内爆，在这切内爆中，燃烧的隐含前史被压缩成烧焦后自身的索引。

在她写作生涯中的这个此刻，格雷厄姆通过展示圆锥曲线中的一小片宇宙，向我们展示她正在扩展的宇宙。她最近对宇宙之过分的坚持可以被解读为一种修正，修正眼下有关个人约束的抒情诗，尤其要修正很多当代美国诗歌缺乏伟大的现实。这种修正在她最形而上的部分传承自狄金森，最开阔的部分传承自摩尔。正如私人的永远都有变小气的危险，伟大的当然也永远都有变浮夸的危险。不经约束的“极高天际”（借用格雷厄姆的说法）很可能变成对自身的拙劣模仿。

---

① 迦底什是犹太教祈祷仪式上对上帝唱颂的赞美诗，主题是对上帝之名的扩大化和神圣化。——译注

但是格雷厄姆能从极高的天际下降至一个无名市镇的某一天的黎明，她的这种能力说明，她既理解惠特曼对平常事物所持的那种狂喜式的崇高感，也理解雪莱对抱负所持的那种英雄式的崇高感。她还在其他诗中表明她有自嘲和历史嘲讽，两者对想要包揽一切的头脑和想要评说世间一切的声音都可以起到有用的制衡，这样的头脑和声音已经通过长行、长句和长停顿的三个过分，促使她迫近了感知的悬崖边缘。

我前边说过，当我开始考虑所谓风格的打破的时候，它反映的是一个审美体的变化。不论是在宏大程度上让霍普金斯转向跳韵，以便反映他对斑驳的审美时刻的内力感；还是在中等程度上让希尼通过不同词性区分不同诗中的格式塔；或是在诗行、停顿和句子的微小程度上让格雷厄姆记录从片段、探究、目的论的耐心到狂喜的、英雄主义的过分（其目的是使现象学的感知和动觉的感知整体化），对风格的打破都值得细查。虽然我们最初被诗吸引是因为它的热情、它提出的问题和它在声调上的急迫，但是最终，只要诗能在形式上发明手段，表达它强有力的动机，我们就都会被它说服。因为我总是会被一种幼稚的惊讶打动，惊讶于诗的说服力，因此我很想问问这种令人难忘的劝说力是如何获得的。史蒂文斯曾在一篇名为《二三想法》的文章里说："天堂唯一奇妙的主教永远都是那些使天堂看起来像天堂的主教。"（《遗作》，261）霍普金斯在震撼和强调中使审美时刻"看来如此"；希尼在对形容词性的丑恶和美好的结合中使格劳巴勒男子"看来如此”；格雷厄姆在对“过分”诗行所组成的“过分”的成片句子的提升中使黎明“看来如此”。他们把风格以及打破风格运用得醍醐灌顶。读了这些诗再回到人世，人世将再不同以往。因为这些诗，我们自己内在的运动风格也被打破、再造。正如叶芝提醒我们的那样，在风格打破的时刻，我们再造的是我们自己。

参考文献

Ashbery, John. *Reported Sightings*. New York: Knopf, 1988.

Corcoran, Neil. *Seamus Heaney*. London: Faber and Faber, 1986.

Graham, Jorie. *Erosion*. Princeton: Princeton University Press, 1983.

——*The End of Beauty*. New York: Ecco Press, 1987.

——*Materialism*. New York: Ecco Press, 1994.

Heaney, Seamus. *Selected Poems*. New York: Farrar, Straus, Giroux, 1990.

——*Field Work*. New York: Farrar, Straus, Giroux, 1979.

——*Preoccupations*. New York: Farrar, Straus, Giroux, 1980.

——*Seeing Things*. New York: Farrar, Straus, Giroux, 1991.

Hopkins, Gerard Manley. *Poetical Works*. Ed. Norman H. Mackenzie. Oxford: Clarendon Press, 1990.

——*Letters to Robert Bridges*. Ed. Claude Colleer Abbott. London: Oxford University Press, 1955.

——*Correspondence of Gerard Manley Hopkins and Richard Watson Dixon*. Ed. Claude Colleer Abbott. London: Oxford University Press, 1955.

Keats, John. *Letters*. Ed. Hyder Rollins. 2 vols. Cambridge, Mass. : Harvard University Press, 1958.

Stevens, Wallace. *Collected Poems*. New York: Knopf, 1955.

——*Letters*. New York: Knopf, 1966.

——*Opus Posthumous*. New edition, ed. Milton Bates. New York: Knopf, 1989.

Whitman, Walt. *Leaves of Grass*: *Comprehensive Reader's Edition*. Ed. Harold W. Blodgett and Scdlley Bradley. New York: New York University Press, 1965.

Yeats, *W. B. Collected Poems*. New York: Macmillan, 1956.

译后记

眼前这本小书是一个主题——打破风格——贯穿下，对三位诗人的细密解读。三位诗人是霍普金斯（Gerard Manley Hopkins，1844—1889）、希尼（Seamus Heaney，1939—2013）和格雷厄姆（Jorie Graham，1950—），分别来自英国、爱尔兰和美国。所谓“打破风格”，简而言之，就是指霍普金斯的格律从十四行诗常见的五步抑扬格（即一行十个音节，五个音步，每音步一个轻音一个重音）变为自己发明的跳韵，希尼的词性从动词变为名词，再到形容词，再到副词，以及格雷厄姆的分行由短变长。这种变化或永久或临时，或自发或无意，但来临时都势不可挡，见证了诗人在道德、智识和审美上的变化。在学术书越写越厚，作者们似乎也不都是真对文学感兴趣的情况下，有这么一本对诗歌的热情穿透纸背的小书可算是件难得之事了。

因为写书者海伦·文德勒是个才女，哈佛大学教授，是无数人（包括她的评价对象希尼）心目中最专注的诗歌读者。早在从业之初，文德勒就确立了一种本能般的信念，只愿写诗歌评论。后来唯一一次破例为小说写评论是因为缺钱，事后即悔恨，从此再不评小说。文德勒一生获奖无数，荣誉无数，是28个荣誉博士学位的获得者，对叶芝、赫伯特、济慈、斯蒂文斯、莎士比亚、希尼、狄金森都有专著。1933年出生的她学问一生，以亲身经历证明一个诗歌评论家的养成不仅需要对语言的高度敏感，还需要严格的学术训练和科学思维。她自小在家从父学西班牙语、法语、意大利语，同时在教会、后来在学校习得拉丁语。多语的好处在于“一个批评家的天职是比较，而我总在比较”。文德勒本科学化学，博士才读英美文学，业余兴趣是音乐、绘画和医药。理科训练使她的批评语言洒满科学名词，如动觉感知、二阶、收缩波、冲击值、基因编码、熵、圆锥曲线等，她头脑中的诗原来是构筑在这样的基础之上的。她谈诗既重视整体，又把握细节，谈语言会将其拆分成具体而微的多个层面，如语音、词源、格律、诗节、声调、语法、句法、意象、动力等。她是最典型和严谨的细读实践者。

头脑丰沛者语言也枝蔓缠绕，文德勒的批评语言就多语法复杂嵌套的长句。意思固不复杂，但翻译不是改写，不可简化，我于是宁可多费口舌也都要翻出来。因为要想理解文德勒打造的这座名为“打破风格”的小楼，就不得不知道那语言的一砖一瓦是如何垒砌的。想起张爱玲在加州大学柏克利分校做研究时，被认为不会写论文。她一方面无奈“一句话说八遍还不懂”，一方面坦诚自己是“没写过理论文字”，还说“中了古文的毒”，最是惜字如金。其实这背后是中英文的批评语言太不相同的缘故。

三位诗人中，希尼是诺贝尔奖得主，有访谈无数，诗集也有数种中译，此处可以不必再介绍其生平诗艺，但一般中国读者可能不熟悉霍普金斯和格雷厄姆，文德勒的书中也未做专门介绍，不妨再唠叨几句。

在对其推崇备至的现代诗人眼里，霍普金斯是维多利亚时期唯一伟大的诗人，他也确实独特，不像是丁尼生、阿诺德、布朗宁、罗塞蒂、豪斯曼等人的同代人。霍普金斯生前，诗作只有零星发表，大多只在两三朋友间流传，而且即使是他们也并不完全懂得这位朋友的价值。迟至身后三十年，即1918年，诗友才出面给他集了薄薄一本诗集，印数只得750册，花了十年才卖光。不过1930年诗集再版时，霍普金斯的影响力已经真正散播开来，并波及无数现代诗人，如艾略特、奥登、斯宾德、狄伦·托马斯以及 C. D. 路易斯。事情总是如此，前代人的异端会成为后世的圭臬，而前代奉为圭臬的后世会弃如敝屣。1970年剑桥出的增订版《霍普金斯诗集》除英文诗外，更是收录了霍普金斯原创的拉丁诗和威尔士语诗，以及他用拉丁文和希腊文翻译的莎士比亚诗。对拉丁诗，霍普金斯据说有种特殊喜好。这古典学者的拉丁诗艺如何也应该是个有趣题目。

霍普金斯是九子女之家的长子，少有诗才，大学进牛津的贝利尔学院研读古典语言，因成绩优异，有“贝利尔之星”的赞誉，同时写诗。霍普金斯的牛津岁月正值所谓“牛津运动”的天主教复兴运动，这是一场旨在重建英国国教与天主教之间联系的宗教改革。1866年，运动领袖约翰·亨利·纽曼——即后来的红衣主教纽曼——引领霍普金斯皈依天主教。牛津毕业后霍普金斯加入耶稣会，焚少作，决定不再写诗。但在1875年，因受五名方济各会修女沉船事件所感，写了长诗《德意志号的沉没》，从此重拾诗歌写作。

霍普金斯最大胆的诗歌实验在于发明跳韵，即每音步中有一个重读音节和任意数量的非重读音节，而非传统格律中音节数量一定，重音数量一定的规则模式，再与古英语诗歌的头韵结合，就产生了一种强健、灵活、紧张、生动的诗韵。可惜，这样的独特声音在中文翻译中只有消失不见。中文是种单音节语言，本就难以表现英文的多音节性，更难以区分霍普金斯这种打破传统格律的声音体系。这是无法之事。不过音虽不可翻，意可翻。而我在翻译上是硬译派，希望借翻译为中文创造新词汇、新表达，甚至新语法。因此越难的英文，越希望翻出原样，于是我的处理方法是尽量直译，不改变语序词序，也尽量保留原文的长短，长句翻长，短句翻短，以便尊重原诗对形式的考虑，因为形式和内容一样，都是诗歌极重要的方面。最后这点在格雷厄姆尤其如此，她是文德勒笔下故意从短行变长行，并实验跨行、缩行从而实现打破风格的诗人。好在诗非散文，本就是高度凝炼的表达，就有佶屈聱牙处也可供琢磨咀嚼。再加分行打乱断句，不必以句为单位，也就不必为达中文之意而增减英文的原文了。

霍普金斯对诗歌内核的思考可以归结为他自造的两个字：内质（inscape）和内力（instress）。内质指霍普金斯认为每种自然事物都有其个性，通常由各种感官数据组成，最终构成一个统一的模式，而内力是维持内质的能量。霍诗的内容多表达对感官世界的欣喜，对献身宗教的强烈感受，以及对上帝之神秘、伟大与慈悲的深刻理解。他对世界本质最著名的哲学思考是“斑驳”，或曰对立、混杂、双重性、二元、悖反、不规律，最终揭示的是上帝的单一性和自然宇宙的多样性。霍普金斯爱写十四行诗。十四行诗的写法堪比我国古诗的比兴，总是先状物再抒情，但霍普金斯十四行诗的行数经常不限十四，行长也早打破了规则。他的句法极其压缩，背后是一种几乎压抑的痛苦和极端的热情，似乎要将巨多内容统统挤压到一行之中，因此常会漏掉某些语法功能词，造成无数令人费解处。诗人固然都是些善用语言者，但像霍普金斯这样高度自觉雕塑语言的却也不多。译他的诗等于重学了一遍英语，学完有一览众山小之感。或许有些诗人读翻译也可，但读霍诗还是原文的好。写诗之外，霍普金斯还作曲，虽然量不大，但和诗一样独特；他也善画，他笔下的花、树和浪都显示出极精微的细节；通信更显示出他坚强的意志和智识的深度。他是一个有着卓越的批评能力和审慎的自我反思的诗人，不过这一切都随他的早逝而结束。他死后葬在都柏林。

格雷厄姆是美国当今极为重要的诗人之一。她的诗风抽象、智识，以视觉形象、复杂比喻以及哲学内涵著称，被誉为最能融会各种脱节的当代话语——哲学、历史、科学——于一体的诗人。她生于纽约，长于罗马，求学法国，因而对英语、意大利语和法语都极为熟悉。她在索邦读哲学，在纽约读电影，在爱荷华大学的作家工坊学写诗，对欧洲绘画感兴趣，写过一系列有关双人自画像题材的诗，这点在文德勒对其诗作的评介中有体现。格雷厄姆曾在爱荷华大学的作家班执教，后接替希尼任哈佛大学博伊尔斯顿修辞与演说学教授，该职位通常授予作家，她是第一个得到该职位的女性。格雷厄姆从20世纪70年代开始写诗，诗集众多，曾获1996年普利策诗歌奖。她的诗意思微妙，长行、短行、缩行、空格等诗歌形式都实验过，一度喜欢缺词，还好做跨行的连续。对她影响最大的是现代诗人，如叶芝、狄金森、艾略特和史蒂文斯。她认为诗的作用在于“感染”，就像笑在人与人之间传递一样，诗的句法也应如此。她还认为诗不是论辩，不是劝说，伟大诗歌里很少有论，它不追求读者“同意”，不想穿头脑而过，而是要从一个身体游走到另一个身体。

因语言极难，霍诗在我国只有零星翻译。《德意志号的沉没》《茶隼》和《斑驳之美》是名诗，有研究者和爱好者的几种译法，但《圣多萝西娅》《从西比尔的树叶中拼出》《凡人之美有何用？》《就像翠鸟着火》《农夫哈里》《费利克斯·兰多》《喇叭手第一次领圣餐》《完美的习惯》《善良的订婚》《月出》《自然是赫拉克利特之火，是复活的舒适》知道者不多，以前也无中译，本书算是第一次。格雷厄姆的《热风》《卢卡·西尼奥雷利使身体复活》《上升气流》《晕眩》《波洛克与画布》《统一场域之梦》也是第一次译出。译者自知无诗才诗情，译文浅陋，唯愿抛砖引玉。其余希尼诗，有黄灿然译文的，均用黄译，籍此向译诗勤力、译著丰富的黄先生致敬。最后感谢编辑吴小龙先生，引进文德勒论诗是个好主意，能参与其中我深感荣幸，能借此了解霍普金斯其人其诗、能为此再学一遍英语也很充满“内力”。

李博婷

2019年4月

桂图登字：20-2018-100

图书在版编目（CIP）数据

打破风格 /（美）海伦·文德勒著；李博婷译 .—南宁：广西人民出版社，2020.4
（文德勒诗歌课）
书名原文：The Breaking of Style
ISBN 978-7-219-10835-2

Ⅰ. ①打…　Ⅱ. ①海…　②李…　Ⅲ. ①诗歌研究　Ⅳ. ① I052

中国版本图书馆 CIP 数据核字（2019）第 261145 号

打破风格
DAPO FENGGE
［美］海伦·文德勒 / 著　李博婷 / 译

出 版 人　温六零
责任编辑　许晓琰
责任校对　张莉聆
书籍设计　刘　凛
责任排版　李宗娟

出版发行　广西人民出版社
社　　址　广西南宁市桂春路 6 号
邮　　编　530021
印　　刷　广西民族印刷包装集团有限公司
开　　本　889mm × 1194mm　1 / 32
印　　张　4.5
字　　数　100 千字
版　　次　2020 年 4 月　第 1 版
印　　次　2020 年 4 月　第 1 次印刷
书　　号　ISBN 978-7-219-10835-2
定　　价　48. 80 元